NUR

NUR

eta etxe sorgindua

1. argitalpena: 2010eko maiatzean
2. argitalpena: 2011ko otsailean

Azala eta liburuaren diseinua:
Iturri
Maketazioa :
Erein
Azala eta barruko marrazkiak:
Juan Luis Landa
Itzulpena:
Rosetta testu zerbitzuak

ISBN: 978-84-9746-591-5
L. G.: S.S.: 140/2011
EREIN Argitaletxea. Tolosa Etorbidea 107
20018 Donostia
T 943 218 300 F 943 218 311
e-mail: erein@erein.com
www.erein.com
Inprimatzailea : Gertu
Zubillaga industrialdea, 9
20560 Oñati, Gipuzkoa
T 943 783 309 F 943 783 133
e-mail: gertu@gertu.net
www.gertu.net

NUR

eta etxe sorgindua

Toti Martínez de Lezea

Marrazkiak: Juan Luis Landa

erein

Nur dut izena. Ez Noor, ezta Nour ere. Nur, soil soilik.

Nire herriaren izena zail samarra da esaten. Larrabetzu du izena, baina orain Txinan bizi naiz.

Beijingen bizi naiz; Pekin ere deitzen da, eta Txinako hiririk handiena da; Txina sekulako herrialde erraldoi bat da.

Ez dut nire bizitza guztia hemen emango; urte batzuk igaroko ditut hemen, eta kito.

Hasieran aiton-amonen, birramonen, Aritzen, Kukaren eta lagunen falta sumatzen nuen, baina orain ohitu egin naiz, amamarekin eta gainerakoekin internetez hitz egiten dudalako: zer egiten dudan kontatzen diet, egiten ditudan marrazkiak erakusten dizkiet eta jolas egiten dugu.

Hala ez zait iruditzen hain urruti nagoenik, egiaz oso-oso urruti banago ere; baina oporretan Larrabetzura etortzen naiz berriro, eta hemen lagun asko ditut gainera, neskak gehiago mutilak baino.

Orain, esate baterako, hemen nago berriro, Txinako nire ikastetxean udako oporrak ekainaren bigarren astean hasten direlako.

Asko gustatzen zait berriro hona itzuli eta nire gela beti bezala aurkitzea; baina hegazkinezko bidaia oso-oso-oso luzea da, eta asper-asper eginda iristen naiz. Orain lehen baino gutxiago aspertzen naiz; lehen txikiagoa nintzen, izan ere, eta ez nuen jakiten zer egin entretenitzeko. Orain irakurtzen, margotzen, telebista ikusten etortzen naiz, edo makinatxoan jolas egiten, edo amari tabarra ematen eta, konturatu orduko, hemen naiz berriro.

Pekinen ikaragarrizko beroa egiten du, gainera, udaran. Larrabetzun igerilekura joaten naiz, eta gustura ibiltzen naiz.

1. Berriro Larrabetzun

Nur bere "betiko" gelan esnatu da eta une batez pentsatu beharra izan du ea Pekinen zegoen ala Larrabetzun. Gero barrez hasi da, Larrabetzun zegoen-eta, jakina!

Kontua da Txina munduaren beste muturrean dagoela; han gaueko hamabiak direnean, goizeko zazpiak izaten dira hemen, eta, jakina, egun pare batez ez daki ongi ea esnatuta ala lotan dagoen oraindik.

Nolanahi ere, ez dago prest oporretako lehenengo eguna alferrik galtzeko.

—Aitonaren eta amonaren etxera joan naiteke? –galdetzen die gurasoei.

—Badakizu berandu oheratzen direla haiek… –esaten dio amak– eta goizeko zortziak baizik ez dira oraindik!

—Eta birramona Julirengana? Hura oso goiz jaikitzen da.

—Gosaldu duzu? –galdetzen dio Babak.

—Ia-ia.

—Zergatik ez duzu maleta desegiten? –galdetzen dio amak.

Orain Nurrek bere maleta du, izan ere, beretzat bakarrik, bere izenarekin, bere helbidearekin eta guztiarekin –Larrabetzukoa eta Pekingoa–, eta nahi duena sartzen du han. Txarrena da maleta egin behar dela, eta iritsitakoan desegin, eta alde egiterakoan berriro egin eta desegin.

—Eramango dizkiot birramona Juliri ekarri dizkiodan margoak? –galdetzen du.

—Ez hasi gorrarena egiten, eta egin ohea –esaten dio amak.

—Ongi da! Baina birramona Juliren etxera joan naiteke, hortaz?

—Oraindik goiz da –esaten dio Babak.

—Joan eta margoak eman bakarrik, bai?

—Bai! –erantzuten diote biek batera.

Ez du hutsik egiten. Errepikatzea eta errepikatzea da kontua, baina haserretu gabe, zeren bera haserretzen bada, gurasoak ere haserretu egiten baitira; eta, gurasoak direnez, eta bi gainera, haiek irabazten dute beti.

Gezur txiki bat esan du, baina gezur erdi bakarrik, zeren oraindik ez baita jantzi ere egin, eta gosaldu ere ez du egin; zerbaitengatik deitzen dio amamak, izan ere, "mari xalaparta".

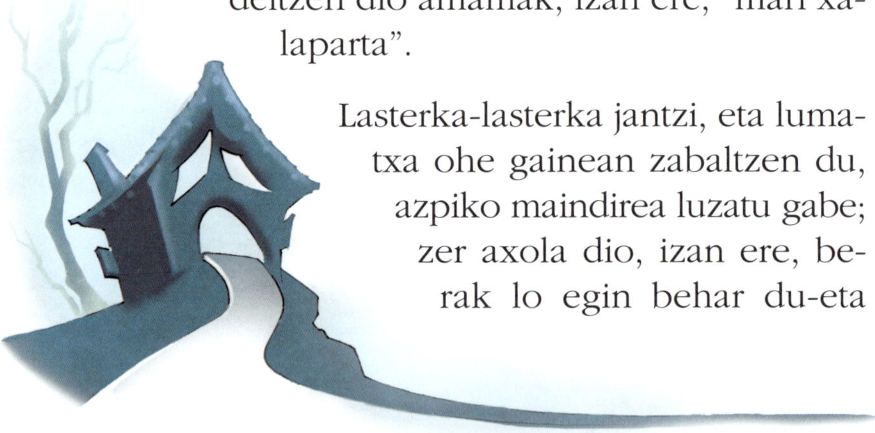

Lasterka-lasterka jantzi, eta lumatxa ohe gainean zabaltzen du, azpiko maindirea luzatu gabe; bezer axola dio, izan ere, berak lo egin behar du-eta han? Sukaldera sartu-irten bat egin, basokada esne edan, madalena bat jan, eta etxetik ateratzerakoan kontu handiz ixten du atea, zaratarik ez ateratzeko eta gurasoak ez esnatzeko. Hori tontakeria! Esnatuta daude-eta!

Birramona Juli solairu berean bizi da, aurrez aurreko atean. Suerte handia da hain hurbil bizitzea, horrela nahi duenean joan baitaiteke haren etxera, baita pijamaz jantzita badago ere. Eta suerte handia da birramona bizirik edukitzea ere. Ez dute denek suerte hori. Orain dela gutxi arte bi zituen: birramona Juli eta birramona Tere, baina orain birramona Juli baizik ez du; urte pila handi-handi bat du, baina oso jatorra da. Koadroak margotzen ditu eta eskulanak egiten ditu; horregatik margo-kaxa oso bat ekarri dio Nurrek. Eta baita txinatar pintzelak ere, ez baitira hemengoak bezalakoak, biribilak baizik. Badira lodiak eta meheak; Nurrek bietatik ekarri dizkio, badaezpada ere.

Birramona Julik argazki pila bat du, gainera. Nurri asko gustatzen zaio argazki zaharrak ikustea;

gustura egoten da amak hamar urte zituenean nolakoa zen ikusten, edo amamak...

—Begira –esaten dio birramonak–, hemen zuk orain duzun adina zuen zure amonak; indiarrez jantzita dago.

Egia da! Amama indiarrez jantzita dago, luma eta guzti! Orduan ez zen amama, jakina. Orain, dagoeneko nagusi, ile guztia zurituta duela, indiarrez jantzita imajinatzen du, eta barreak lehertu behar du.

Baina, ongi pentsatuta, ez da hain bitxia ere, amamari eta aititeri mozorrotzea asko gustatzen zaie-eta. Eguberrietan denek probatu zuten arrosa kolore fosforitozko ileordea. Birramonak ere probatu zuen! Eta Babak, eta amak, eta Aritzek, eta osaba Mikelek, eta izeba Lorek, eta izeba Loreren ahizpak, nola du izena?, a, bai, Mila. Barre batzuk egin zituzten... Pertsona nagusiak dibertigarriak izaten dira batzuetan. Beste batzuetan ez.

Bazuen ileorde ori bat, Hanna Montanarena, baina Babak zaborretara bota zuen, edozein lekutan uzten zuelako galduta; horregatik, beste bat eskatu zuen Eguberrietarako, baina ileorde horia izan ordez, izan zedila arrosa kolorekoa…

kolore biziko merenge bat bezala,

ahoan pikatzen duten gominola horietako bat bezala,

marrubi-usaineko borragoma bat bezala,

ezpain-margo distiratsu bat bezala,

arrosa koloreko globo fosforito bat bezala,

marrubi bat bezala,

arrosa koloreko elefante bat bezala…

Ez zaio bururatzen kolore horretako gauza gehiagorik. Ile horia gehiago gustatzen zitzaion, baina berdin dio. Ikaragarri gustatzen zaio mozorrotzea, berdin dio zertaz.

Gogoratzen saiatzen da. Bere bizitzan zehar indiarrez mozorrotu da, amama txikia zenean bezala, bikingoz, pirataz, Minnie Mousez, printzesaz eta birziklatzeko poltsaz. Hori mozorro erraz-erraza da; behin baino gehiagotan egin du Nurrek; zabor-poltsa bat hartu, handienetakoa, burua ateratzeko zulo bat egin, beste bi zulo besoak ateratzeko, eta kito.

Gehien gustatzen zaion mozorro-jantzia, ordea, sorginarena da, baina ez beldurtzen duten sorginena, bestelakoena baizik.

—Aizu, birramona Juli, egiazko sorginik bada? –galdetzen dio.

—Zure amonak jakingo du hori! –esaten dio barrez birramonak.

—Zer bada?

—Sorginei buruz gauza asko dakielako.

—Baina zuk ikusi duzu inoiz baten bat?

—Kapela puntazorrotzarekin eta erratzarekin?

—Bai.

—Ez, horrelakorik ez dut inoiz ikusi.

Birramona Juli barrez hasten da berriro; Nurrek ez daki zerk eragiten dion barre hori, halako galdera erraza eginda. Jende guztiak daki, gainera, sorginek kapela puntazorrotza eta erratza erabiltzen dituztela.

Galdetu behar dio amamari ea benetan existitzen diren, eta galdetzea ez ahazteko, boligrafo bat hartu eta sorgin-kapela bat margotzen du ezkerreko eskuaren gainean, hatz lodiaren eta erakuslearen artean.

Berriro etxera itzultzen denean, gurasoek esaten diote dendara joan behar dutela, hozkailua hutsik dutela eta ea nahi duen beraiekin joan.

—Zer esan nahi du gorrarena egiteak? –galdetzen dio Nurrek amari.

—Zertaz ari zara?

—Lehen esan didazu ez egiteko gorrarena, eta hori zer den jakin nahi dut.

Amatxok barre egiten du. Nurrek elefantearena baino memoria hobea du; denaz gogoratzen da, ez zaio ezer ahazten.

—Ba, gauza bat galdetu, eta ezertara ez datorren erantzun bat ematen duzunean egiten dena, oraintxe bezala…

Gorrarena egitea erabakitzen du, dendara ez joateko. Eskerrak dagoeneko txikia ez den eta bakarrik gera daitekeen!

—Uxueri dei diezaioket?

Uxue bere laguna ere oporretan dago, eta suerte handia da, zeren gertatu izan baitzaio bera oporretara etorri eta lagunek oraindik bere beste astebete eskolara joan behar izatea. Aurten ez, aurten

egun beretan dituzte oporrak eta igerilekua zabalik dago dagoeneko, baina oraindik ere goiz samar da hara joateko, hamaiketan zabaltzen omen dute-eta. Bero handia egiten badu ere, goizeko hamaiketan zabaltzen dute eta arratsaldeko zortzietan ixten. Euria ari duenean ere zabaltzen dute, baina orduan inor ez da joaten, jakina.

Gaur udako egun bikaina egiten du. Asko kostatu zitzaion uda noiz hasten den ikastea, harik eta egutegi batean urtaroen hasierak gorriz margotu zituen arte.

Martxoak 21: udaberria

Ekainak 21: uda

Irailak 21: udazkena

Abenduak 21: negua

Eta bi egun dira oraintxe, uda hasi zela. Zein ondo! Nolako ongietorria! Bizikletan ibiltzeko sekulako gogoa du.

—Bizikletan ibiltzera joan naiteke?

—Buruko kaskua jantzita –ohartzen dio Babak.

—Eta errepidetik ibiltzerik, ezta pentsatu ere –ohartarazten dio amak.

Ez du bi aldiz esan beharrik: kaskua jantzi eta bizikleta hartzen du. Bi minutu baino lehen bere adiskidearen etxearen aurrean dago, kaleaz beste aldean bizi baita. Uxue orduantxe ari da ateratzen, eta… ez bata ez bestea, orraztu gabe daude! Barrez hasten dira, berdin die-eta. Kaskua jantzita ez zaie ikusten orraztu gabe atera direnik, gainera.

—Nora joango gara? –galdetzen dio Nurrek.

Hilabeteak dira elkar ikusten ez dutela, Eguberritako oporrez gero, baina atzo bertan elkarrekin egon izan balira bezalaxe da. Horixe du ona egiazko lagunak izateak; hilabeteak joanagatik, ez dirudi denbora joan denik berriro elkarrekin topatzean.

Inoiz edo behin mezuren bat edo beste bidaltzen diote elkarri Internetez, baina biak ere nagiak dira gutunak idazteko eta, idazten dituztenean, gutunak baino "telegramak" areago izaten dira.

—Zer moduz? –idazten dio Uxuek.

—Ni oso ongi, eta zu? –erantzuten dio Nurrek.

—Ongi –erantzuten dio Uxuek.

—Ba, ederki –idazten dio Nurrek.

Eta hor bukatzen dira gutun-trukeak aldi baterako.

Bizikletan jaisteko aldapa zoragarri bat duen kale batetik doaz. Gero saihesbide batetik joango dira, aldapa hartatik ez igotzeko. Ibai gaineko zubitxoa igaro eta pedalka bizian joaten dira Bihozneren baserriraino; urez betetako globoz borrokak egiten ditu Nurrek harekin.

Bihozneren ama asko pozten da Nur ikustean, eta Txinan zer moduz galdetzen dio.

—Ongi –erantzuten dio hark.

—Eta eskola Txinan?

—Ongi.

—Eta lagunak Txinan?

—Ongi.

Zein astunak diren batzuetan pertsona nagusiak! Zer nahi dute kontatzea, dena ongi joan baldin bada?

—Poztzen naiz hemen zaudelako; hala gaur gauean sua ikustera joango zara.

—Zer su?

—San Juan sua.

Egia! Sua! Ikaragarri gustatzen zaio sua. Lehen ez zitzaion asko gustatzen; beldur pixka bat ere ematen zion, baina lau edo bost urte zituenean gertatzen zen hori. Orain ez da gauza bera.

Herriko gazteek su handi-handi bat egiten dute, eta guraso guztiak joaten dira, beren seme-alabak

hartuta, hura ikustera. Bueno, lehendabizi antzerki moduko bat egiten dute, gero sua pizten dute, eta batzuek haren gainetik jauzi egiten dute; albo batetik, hobeto esanda, zeren zeruraino iristen baitira garrak, edo ia zeruraino.

Oso polita izaten da haien jauziak ikustea, baina berak ez du jauzi egiteko asmorik; ez erretzeko, badaezpada ere.

—Zergatik jauzi egiten dute? –galdetu zion amamari iaz?

—Aspaldiko ohitura zahar bat da.

—Baina zergatik?

—Lehen uste zuten suaren gainetik jauzi egiteak suerte ona ekartzen zuela.

—Zergatik?

Eta amamak kontatu zion egun horretan udako solstizioa ospatzen dela. Hori hitz bitxia!

—Zer da sos... sol... sot... zera hori? –galdetu zion.

—Udako solstizioa urteko egunik luzeena da, eta gaurik laburrena, jakina. Izatez 21ean izaten da, uda hasten den egunean.

—Eta zer lotura du horrek suarekin?

—Lehen jendeak eguzkiari indarra emateko pizten zituen su horiek, egun horretatik aurrera, abenduaren 21era arte, egunak laburtuz joaten direlako; abenduaren 21ean berriro luzatzen hasten dira egunak.

Zailegia! Baina aurten berriro galdetuko dio, ea oraingo honetan hobeto ulertzen duen. Pertsona nagusiek esaten dute haurrek galdera asko egiten dituztela, baina... nola nahi dute gauzak jakitea, bestela, galderak egiten ez badituzte?

Hamaikak izateko dira, eta Nurrek eta Uxuek elkarri agur esaten diote; bizikletak utzi eta bainurako behar dutena hartzera doaz: bainujantzia, oinetakoak, buruko txanoak, betaurrekoak, eguzkitarako krema, familia-kartak, uretan nekatzen direnean jolas egiteko, uretara botatzeko aroak eta pilotak, igerilekura baloirik eramaten uzten ez dutelako.

2. Sorginaren mozorro-jantzia

Nurri gauza asko gustatzen zaizkio, asko-asko-asko, baina gehien-gehiena gustatzen zaionetako bat igerilekua da. Behin uretan sartzen denean, ahaztu egiten zaio handik atera behar duenik. Hatzetako azala zimurtu egiten zaio, eta amak esaten dio ezkatak aterako zaizkiola, arrainei bezala, baina... hain polita da lasterka joan eta ipurdiz jauzi egitea!

Eta aroa bota eta haren bila murgil egitea gustatzen zaio batez ere.

Orduak eta orduak emango lituzke murgilean!

Gauza ederra izango litzateke urpean arnasa hartu ahal izatea eta burua kanpora atera gabe luzaro egon ahal izatea, baina, hori ezinezkoa denez, "balearena" eginez konformatu behar.

Uxuek ez daki "balearena" eginez hitz egiten, eta Nurrek irakasten dio.

—Zuk urpean hitz bat esan eta nik ulertu egin behar dizut.

—Ura sartuko zait! –erantzuten dio Uxuek.

Eta ura sartzen zaio.

—Ez, bai zera! Begira, bat, bi eta hiru egin eta burua urpean sartuko dugu; nik zerbait esan eta zuk ulertu egin behar duzu. Ados?

—Ados.

—Bat, bi eta hiru!

Biak urpean sartzen dira eta Nurrek esaten dio:

—PA-TA-TA

Burua kanpora ateratzen dute, barrez lehertu beharrean.

—TA-TA-TA esan duzu! –esaten dio oihuka Uxuek.

—Ez! PA-TA-TA esan dut!

—Orain nik!

Berriro sartzen dira urpean.

—KA-KA-KA esan duzu! –esaten dio oihuka Nurrek.

Eta ura sartzen zaio, barreagatik.

Eta hala, aroa uretara botaz eta baleen moduan hitz eginez, ordubete baino gehiago igarotzen dute; hatzak mahats pasak baino zimurrago dituzte; eta bainu-zapien gainean etzatera joaten dira.

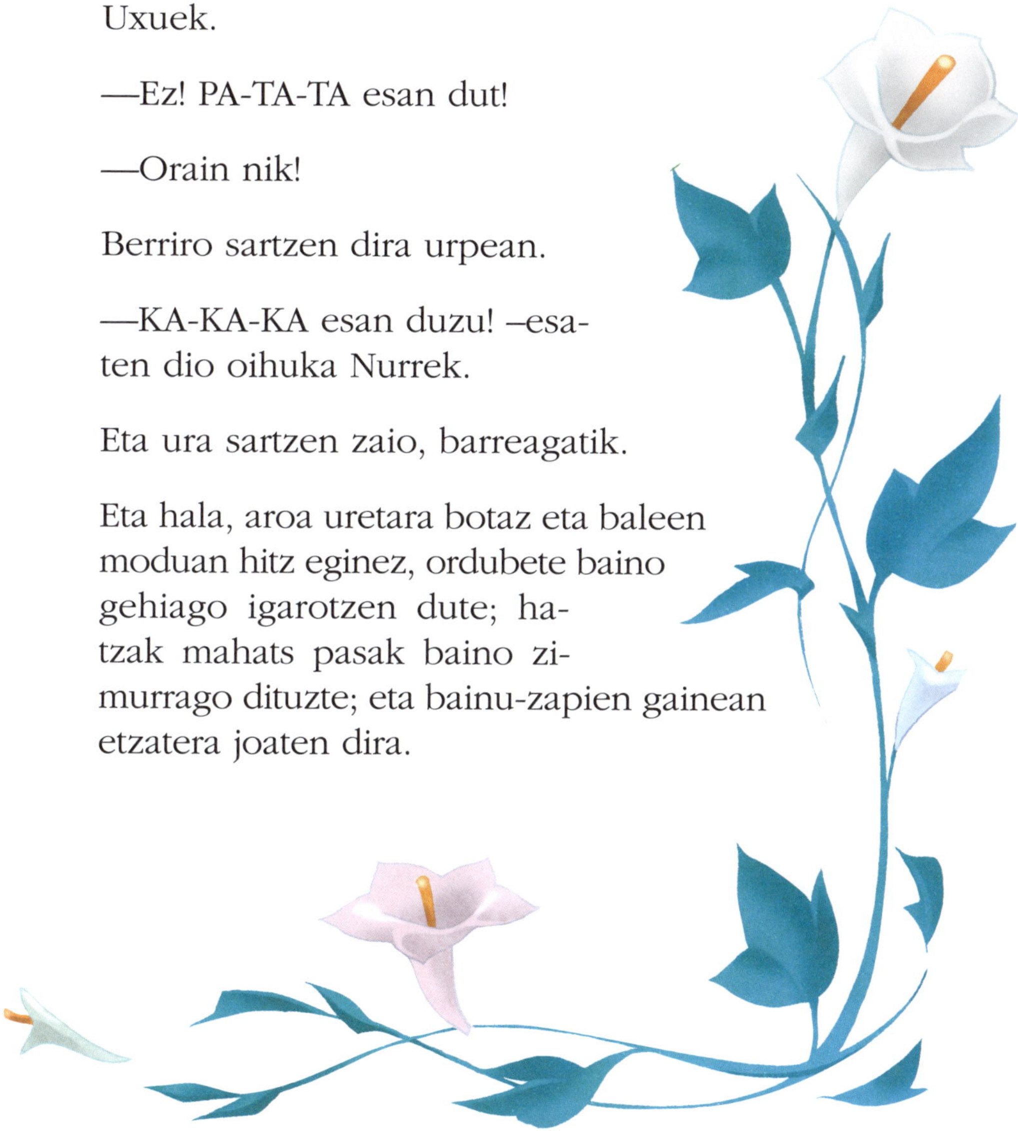

—Mozorrotu behar duzu? –galdetzen dio Uxuek.

—Noiz?

—Gero, sutara joateko…

—Ez dakit. Eta zuk?

—Nik bai.

—Zertaz?

—Zertaz mozorrotuko naiz, bada? Sorginez!

—Mozorro-jantzia baduzu?

—Bai, iazkoa. Ez zara gogoratzen? Begoña, June, beste batzuk eta ni sorginez jantzita joan ginen.

Gogoratzen da. Nurri amorru pixka bat eman zion mozorrotuta joan ezin zuelako, baina Txinatik iritsi berria zen, eta ez zuen astirik izan mozorro-jantzi bat prestatzeko. Aurten ere, ordea, berdin-berdin dago, zeren San Juan suak egiteko eguna gaur baldin bada…

Nondik atera behar du berak sorgin-mozorroa!

—Nondik atera behar dut nik sorgin-mozorroa! –esaten du haserre samar.

—Bilatu bat…

—Non?

—Amamaren etxean.

Egia da; amamaren etxean mila gauza daude; badira oihalak, ileordeak, aitonak eta amonak antzerkia egiten zuten garaiko mila gauza. Nur jaio gabe zegoen oraindik, baina ikusi ditu garai hartako argazkiak, eta baita aititek etxeko sotoan gordeta dauzkan txotxongilo pila bat ere.

—Eta non egiten zenuten antzerkia? –galdetu zion behin.

—Edozein lekutan, herrietan…

—Zirkoa bezalako zerbait zineten?

—Zirkoa adina ez… baina bai, horrelako zerbait –erantzun zion aititek, begi-kliska bat eginez.

—Eta orain zergatik ez duzue antzerkirik egiten?

—Orain beste gauza batzuk egiten ditugulako.

—Baina polita izango litzateke…

—Gauza bakoitzak badu bere garaia.

Aitite filosofo bat da, hori esaten du behintzat amamak; Nurrek, ordea, ez daki ongi zer den "filosofoa" izate hori. Gauza bitxiren bat, seguru.

Horretan, aitonaren eta amonaren etxera joateko gogoa sartzen zaio, ea sorgin-jantziren bat aurkitzen duen.

—Ni banoa –esaten dio Uxueri–. Zu bazatoz?

—Ez, ni hemen geratuko naiz beste pixka batean –erantzuten dio lagunak.

—Ongi da. Gero arte, hortaz!

Nurrek ilea busti-bustita du aitonaren eta amonaren etxera iristen denean. Eskerrak bero egiten duen, beti ari baitzaizkio esaten lehortzeko ilea, katarroak burutik eta hanketatik harrapatzen direla-eta. Horrelakorik esatea ere! Non ikusi da hankarik dominististikuka?

Aititerekin batera etxeko sotora jaisten da, eta ahozabalik geratzen da. Ez zen gogoratzen han zeuden gauza guztiez! Ez da sinestekoa! Amamak esan du ez dela jaitsiko, urteak direla jaisten ez dela, aitite desastre hutsa dela eta sotoan ezin dela pauso bat ere egin. Baina esan, beste gauza bat esan du: aitite inurri bat bezalakoa dela, eta dena gordetzen duela. Nurri iruditzen zaio bera ere inurria bezalakoa dela, berak ere dena gordetzen baitu, egunen batean behar badu ere, baina aititeren sotoa inurritegi erraldoi bat bezalakoa da.

Han badira kaxak,

erremintak,

egurrak,

Team

kutxak,

txotxongiloak,

koadro zaharrak,

liburu zaharrak,

kutxa gehiago,

erreminta gehiago,

pintura-poteak,

zurdaki lehorrak,

ileordeak,

oihalak,

kutxa gehiago,

Izango da altxor ezkuturen bat ere, Ali-Babaren kobazuloan bezala. Miaketaren bat egin beharko du; orain, ordea, sorgin-jantzi bat aurkitzea da axola diona.

—Oihal hau gustatzen zaizu?

Aititek kutxa bat zabaldu du, eta oihal arrastodun bat erakutsi dio. Polita da baina ez du balio.

—Sorginez mozorrotzeko ez du balio –esan dio.

—Eta beste hau?

Aititek oihal urdin bat atera du; izarrak ditu margotuta.

Oso polita da, baina hark ere ez du balio. Magialariz janzteko balioko luke, baina sorginez janzteko ez.

—Nahi duzu nik begiratzea? –galdetzen du.

Oso kutxa handia da, eta Nurrek hainbesteraino makurtu behar du, non badirudien barrura erori behar duela. Kolore askotako oihal pilak daude, eta denak gustatzen zaizkio, baina ez du aurkitzen berak nahi duena bezalakorik.

—Oihal beltza izan behar du –esan dio aititeri.

—Zergatik beltza? –galdetzen dio aititek.

—Sorginak beltzez janzten direlako.

—Nork esan dizu hori?

—Liburuetan beltzez jantzita ageri dira beti.

—Ba, nire iritzian, edozein kolorek berdin balio du, berdeak, gorriak...

Eta aititek oihal gorri bat erakusten dio; oso polita da, baina...

Batzuetan zaila izaten da pertsona nagusiei buruan sartzea gauzak diren bezala direla. Gauza jakina da sorginak beltzez janzten direla. Nolanahi ere, nahi duena aurkitzen ez badu, ez da mozorroz jantziko, eta suak ikustera ere ez da joango, beharbada. Etxean geratuko da, kanpora irten gabe; ez dira lagunak mozorrotuta joango eta bera mozorrotu gabe.

Ia alde egitear dago, desilusioa hartuta; horretan, ordea, kolorezko beste oihal batzuen azpitik ateratzen ikusten den oihal-mutur bat

ikusten du. More iluna da, gehien gustatzen zaizkion koloreetako bat, eta tira egiten du. Harrigarria. Distiratsua da!

—Hauxe da politena –esaten du aititek.

—Ez dakit.

—Galdetu amamari.

Korrika igotzen da sotoko eskaileratik gora, eta ia kaskateko bat hartzen du buruan, eskailera estua baita, eta sabaia oso behean du, gainera.

—Oso polita geratuko zaizu, nik uste –esaten dio amamak.

—Baina ez da beltza…

—Ezta beharrik ere.

—Sorginak beltzez janzten dira, baina… –tematzen da Nur.

—Segun.

—Segun zer?

—Sorginari zer gustatzen zaion! Batzuei beltza gehiago gustatuko zaie, beste batzuei urdina gehiago, edo berdea… guri bezalaxe.

Nurrek esku gainean margoturik duen sorgin-kapelari begiratzen dio. Urpean ibili den denbora guztiaren ondoren ia ezabaturik dago, baina oraindik ere ikusten da, eta amamari sorginik egiaz baden galdetu behar diola gogoratu da.

—Amama, sorginik bada egiaz? Ikusi duzu zuk inoiz? Larrabetzun sorginik bada?

Amamak barre egiten du, birramona Julik bezala, eta esaten dio lehen bai, jendeak sinesten zuela sorginetan, baina berak ez duela uste sorginik badenik, sorginak, esaten dutenez, omen ziren bezalakorik behintzat ez: zaharrak, zimurrak, itsusiak, sudurrean garatxo bat zutela…

—Gazteak ere izango ziren, baita neska gazteak ere, batzuk politak, beste batzuk itsusiak, argalak, lodiak, zintzoak, gaiztoak, jostalariak edo tristeak –esaten dio amamak–, jende guztia bezala.

—Sorginen istorio bat kontatuko didazu, amama, mesedez? –eskatzen dio Nurrek.

Amamak sorginen istorio pila bat daki; badakizki bestelako istorioak ere: gnomo galtzagorrienak, buru bat, hiru edo zazpi buru dituzten herensugeenak, ahate oina edo ahuntzarena duten lamienak, bekokian begi bakar bat duten erraldoienak, muturretik sua dariela ibiltzen diren zezenenak, suge erraldoienak, basoko jaun eta andreenak... Uf!

—*Behin batean ba omen zen sorgin bat katu beltz baten itxura hartuta gauero baserri bateko sukaldean agertzen zena* –hasten zaio kontatzen amama–, *eta etxekoandreari, sutondoan josten geratzen baitzen, galdetzen omen zion:*

—*"Zer? Zu josten eta besteak lotan?"*

Eta hala gauero-gauero, harik eta emakumea aspertu eta senarrari esan zion arte; hark etxekoandrearen lekuan haren ordez geratzea erabaki zuen. Buruan zapi bat eta soineko bat jantzi, eta katu hiztuna agertu arte itxaron zuen. Sorgina ez zen ergela, ordea, eta "emakume" hark gizonezkoen bizarra zuela ikusi zuen; hala bada, galdetu zion:

—*"Zer? Gizona eta josten?"*

Hark suburdina hartu eta erantzun zion:

—*"Eta zu zer? Katua eta hizketan?"*

Eta, zasta! Suburdinaz hankan jo zuen. Katua lasterka batean atera omen zen, oinazez miauka, eta biharamun goizean auzoko andreak besoa lotuta zerabilela ikusi zuten; hura zen, nonbait, sorgina. Katua ez zen gehiago azaldu.

—Kontatu beste ipuin bat, amama!

Nurri ikaragarri gustatzen zaizkio historiak, historia guztiak.

—Baina ez al genuen bada jantzi bat josi behar? –galdetzen dio amonak irribarre eginez.

—Baina biak ere egin ditzakegu…

—Bueno, jantzia lehendabizi, eta gero ikusiko dugu.

Aititek kapa bat egiteko eredua egiten du, paperez, oso trebea baita neurriak kalkulatzen. Gauzak ongi egiten ez badira, oihala laburregi mozten bada, edo oker mozten bada, agur mozorro-jantzia! Hobe da aititek kalkulatzea, beraz.

Eta aititek Nurri neurriak hartzen dizkio: lepotik oinetaraino; eta gero paperezko zirkulu bat egiten du, oihalaren gainean orratz batzuez kateatu eta oihala mozten du: zirkulu handi bat, eta erdian beste txikiagotxo bat, eta ertzetik erdiraino ebaki handi bat.

Nurrek kapa probatzen du. Oso polita da!

Orain bazterrak josi behar dira, listu ez daitezen.

—Sorgin-kapela ere beharko duzu –esaten dio aititek.

Eta amama josteko makinan azpilak josten ari den bitartean, aititek plastikozko plater bat hartzen du.

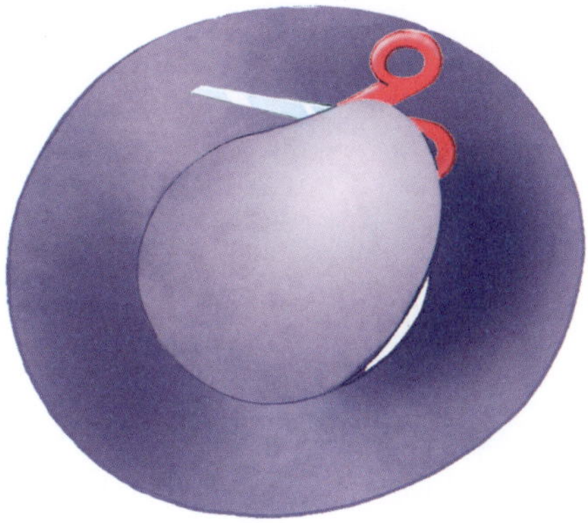

Erdian biribil bat ebakitzen du.

Kartulina-orri batez kono bat egiten du, kapela-punta egiteko.

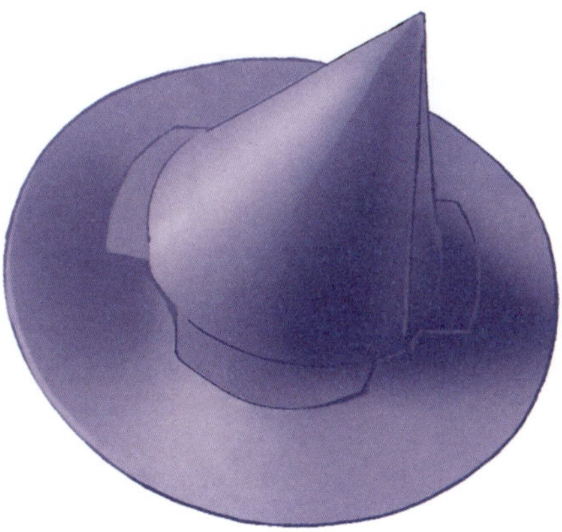

Konoaren azpiko aldean irtengune batzuk ebakitzen ditu.

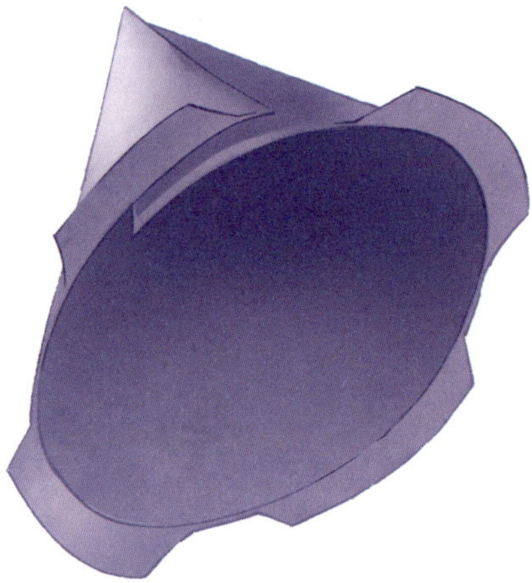

Konoa plateraren gainean jartzen du, irtenguneak tolestu eta platerean itsasten ditu.

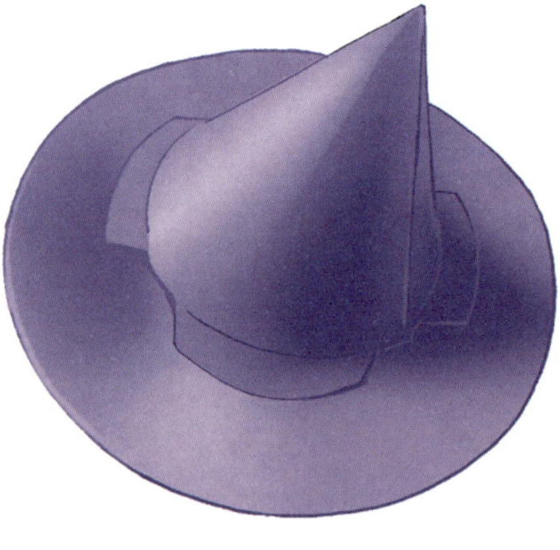

—Eginda dago! –esaten du aititek.

Nurrek plater konodunari begiratzen dio eta ez du ezer esaten. A zer sorgin kaskarra izan behar duen plastikozko plater batez eta kartulina puska batez egindako kapelarekin! Kolore desberdinetakoak dira, gainera…

—Eginda dago? –galdetzen dio, zerbait galdetzeagatik.

Aitite barrez hasten da, badakielako kapela hura negargarria iruditzen zaiola Nurri.

—Erdi eginda… –esaten du misterio handia jarriz–. Orain apaindu egin behar da.

Eta, zein gauza zoragarria!

Aititek kaparen oihalaren oso antzeko kolore batez margotzen du kapela.

Zilar-koloreko izartxo batzuk itsasten dizkio,

brillantina-hautsa botatzen dio,

bi zulotxo egiten ditu platerean, alde banatan,

eta...

hari elastiko bat pasatzen du zulotxoetatik, eta korapilo bat egiten du hari elastikoaren puntetan, askatu ez dadin, Nurrek kokospean lotu dezan eta eror ez dakion.

—Orain bai sorgin-kapela egiazkoa dela! –esaten du poz-pozik.

Kapela eta kapa janzten ditu, eta bira eta bira egiten du, ia zorabiatzeraino. Kuka ere biraka ari da, Nurrekin batera, eta eroaren moduan egiten du zaunka, biraka ibiltzea ikaragarri gustatzen zaio-eta.

Konjuru pare bat ikastea baizik ez zaio falta; horrekin egiazko sorgina izango da.

—Amama, sorginen konjururen bat badakizu?

—Eta kapa eta kapela kentzen badituzu? Makarroiak daude jateko, eta tomatea gainera erortzen bazaizu negargarri geratuko zaizu jantzia.

Zergatik orain bazkaldu beharra? Zergatik dute pertsona nagusiek jai guztiak hondatu behar hori?

3. Soto berezi-berezi bat

Bazkaria bukatu bezain laster, Nur Uxueren txirrina jotzen ari da berriro. Suerte handia da dagoeneko neska txikia ez izatea. Lehen gurasoekin joan behar izaten zuen alde guztietara, orain ez. Orain bakarrik joaten ere uzten diote, nahi duenean, eta berari gustatu egiten zaio, nagusiagoa dela iruditzen zaio.

Nurrek eta Uxuek telefonoz hitz egin dute, eta arratsaldean igerilekura ez joatea erabaki dute, sua ikustera joateko prestatu behar dute-eta. Amorratzen dago Uxueri kapa eta kapela erakusteko, baina Uxuek esaten dio oraindik ez duela bukatu bazkaria, eta aitonaren eta amonaren etxera joatea erabakitzen du. Horixe du ona herri txiki batean bizitzeak: gauza guztiak hurbil daudela!

Aitonaren eta amonaren etxean pertsona batzuk daude; bisitariren batzuk, seguru. A zer amorrazioa! Bisitarien kontu hori amorragarria izaten da, pertsona larriak beti hasten dira Nurri batere gustatzen ez zaizkion gauzez hitz egiten, eta Txinari eta ikastetxeari buruz hitz egiten hasten dira, eta han gusturago bizi den hemen baino, ea txineraz hitz egiten ikasi duen, ea lagun asko dituen. Astunagoak dira…

Biratu eta berriro Uxueren atarira joateko gogoa du, baina amamak ikusi egin du eta keinuak egiten dizkio, bertara joateko. Ufffff...

Team
85

—Begira nor dugun bisitatzera etorrita! –esaten dio oihuka.

Hasieran ez du ikusten, amaren atzean erdi ezkutatuta dagoelako, baina, biratu eta irribarre bat loratzen zaio aurpegian Nurri, ezagutzen duenean. Aitzol segituan ezagutzen da!

Ezagutzen duen mutilik jostagarriena da; mutil asko ezagutzen ditu, baina hau bezalakorik ez. Barre eragiten dio. Txotxongiloak gustatzen zaizkio; berrogei baditu, gutxienez; batzuk gurasoek eta osaba-izebek oparituak dira, baina beste batzuk berak eginak. Eta antzerkitxoak antolatzen ditu, istorioak asmatzen ditu, eta ahotsa ematen die. Handitzen denean txotxongilolaria izan behar omen du. Larrabetzun izan zen azkeneko aldian ez zuen aititeren sotoa ikusi. Aukera ederra berriro hara jaisteko!

—Aitite, Aitzol eta biok jaitsi gaitezke zure txotxongiloak ikustera? Ez dugu ezer puskatuko.

—Badakit ez duzuela ezer puskatuko –erantzuten dio aititek–, baina ez dakit, ez dakit…

—Zergatik ez dakizu?

—Sotoa oso leku berezia delako, eta oso pertsona bereziak baizik ezin sar daitezkeelako hara?

—Nolako pertsona bereziak?

—Ea, bada… –esaten du aititek, bizarra leunduz, oso gauza garrantzitsuren bat pentsatzen ariko balitz bezala–. Pertsona jostagarriak izan behar dute, eta irudimen handikoak…

—Ni jostagarria naiz, eta irudimen handia dut! –esaten dio Nurrek.

—Eta baita nik ere! –esaten du Aitzolek ere–. Eta badakit txotxongilo-antzerkiak egiten, gainera.

—Eta baita nik ere! –esaten du Nurrek, ez da gutxiago izango eta.

—Seguru?

—Baiii! –erantzuten diote biek batera.

—Ongi da; hortaz jaitsi zaitezkete, baina kontuz ibili buruarekin, kaskateko bat ez hartzeko.

Aititek sotoko argia piztu du, eta ez dago kaskatekoa hartzeko arriskurik, baina kaxen gainetik, egurren gainetik, pintura-poteen eta han dauden gauza pilen gainetik igaro behar dute. Azkenean barren-barreneraino iristen dira. Aitzolek begiak zabal-zabalik ditu, Nur begira dagokion bitartean, esanez bezala "Ikusten? Esaten nizun nik", nahiz eta ez zen gogoratzen hainbeste txotxongilo zegoenik han.

Badira batzuk beraiek bezain handiak,

beste batzuk txiki-txikiak,

animaliak,

barazkiak,

munstroak,

sorginak,

zenbakiak,

letrak...

Eta denek zuzen-zuzen begiratzen diete, bizirik baleude bezala. Esango litzateke barrez ari zaizkiela, eta besoak luzatzen dituztela harrapatu nahiko balituzte bezala.

—Nur! –deitzen dio amamak–. Amets hemen dago.

—Datorrela behera!

Ametsek ere ez du ezagutzen aititeren sotoa, eta biribil-biribil zabaltzen zaizkio begiak, han dauden "altxor" guztiak ikusita.

Aitzolek eta Nurrek txotxongilo-antzerki bat egitea erabakitzen dute, nork begiratu badutenez.

—Nur! –deitzen dio amamak–. Uxue hemen dago, eta Elene ere bai.

—Datozela behera!

Elene Uxueren ahizpa txikia da; Nurrentzat ere ahizpa txikia bezalaxe da. Bai ederki! Hiru ikusle izango dituzte!

—Nur! –deitzen dio amamak–. Bihozne hemen dago.

—Datorrela behera!

Horrela jarraitzen badute, soto guztia jendez beteko zaie; baina, zenbat eta ikusle gehiago, orduan eta hobeto!

—Zenbat eta ikusle gehiago, hobeto –esaten dio Aitzoli.

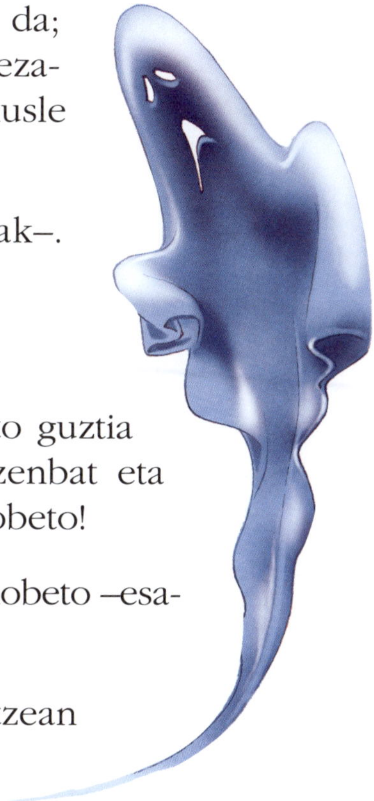

Txotxongilo-agertoki baten atzean sartu dira; errezelak eta guzti ditu; aititek zoko batean utzita zeukan. Ikuskarian erabili behar dituzten txotxongiloak aukeratzen dituzte.

—Hasi agudo, bestela alde egingo dugu-eta! –esaten diete oihuka lagunek.

Nur errezelen artetik ateratzen da.

—Oraintxe hasiko gara! –erantzuten die oihuka, eta ikusleak barrez lehertu behar dira, Nurren burua agertokiaren leihoa bezain handia delako, ia-ia.

—Erraldoia dirudi –esaten du Elenek.

—Sotoko erraldoia –jarraitzen du Bihoznek.

—Txotxongiloen antzerkiko erraldoia –Ametsek.

—Erraldoi puzkartia –esaten du barrez Uxuek.

—Uxue! –esaten du Nurrek, agertoki atzean ezkutatu, baina burua berriro atereaz–. Entzun dizut! Puzkartia zu izango zara!

Eta denak barrez hasten dira.

—Prest dago –esaten du Aitzolek.

Biek dakite historia, "Hargina eta sorgina". Eta badute behar duten guztia:

gizonezko txotxongilo bat

sorgin txotxongilo bat

koroa bat gizonezko txotxongiloaren buru gainean jartzeko

eguzkia

hodei bat eta

kartoizko harri bat, baina egiazkoa dirudiena

Eta antzerkia hastera doa.

—*Orain dela aspaldi-aspaldi* –entzuten da Aitzolen ahotsa, aldi berean gizonezko txotxongiloa agertzen dela– *bazen hargin bat herri batean...*

—Zer da hargina? –galdetzen du Elenek.

—Harriak lantzen dituena! –egiten du oihu Nurrek errezelen atzetik.

Hargina ez zegoen pozik, bere lana oso gogorra eta neketsua zela esaten baitzuen. Orduan

sorgin bat agertu zen; zer gertatzen zitzaion galdetu zion, eta hark erantzun zion:

—Aberatsa izan nahiko nuke!

Eta sorginak aberats bihurtu zuen.

Handik puska batera, ordea, aspertu egin zen aberats izatez. Ahaltsua nahi zuen izan. Orduan berriro azaldu zen sorgina, eta galdetu zion:

—Eta zer duzu orain?

—Enperadorea izan nahi nuke, jende guztiak nik agintzen dudana egin dezan –erantzun zion harginak.

Eta sorginak enperadore bihurtu zuen.

—Zer da enperadorea? –galdetzen du Elenek.

—Ixxxo –esaten diote besteek, hatz erakuslea ahoaren aurrean jarriz.

Aitzolek txotxongiloari buruan koroa jartzen dio.

Hargina oso pozik zegoen, orain enperadorea zelako eta jende guztiak berak esandakoa egiten zuelako; baina uda zen, eta bero handia egiten zuen. Horrela bada, eguzkia enperadorea baino ahaltsuagoa zela iruditu zitzaion, eta ahots goran esan zuen:

—Eguzkia izatea gustatuko litzaidake!

Sorginak, handik gertu ezkutatuta baitzegoen, entzun egin zion. Eta eguzki bihurtu zuen.

—Egon, Aitzol –entzun zaio esaten Nurri–, eguzkia kateatu egin zait…

Azkenean eguzkia atera da, eta emanaldiak aurrera jarraitzen du.

—Baina hodei bat agertu zen, eguzkiaren aurrean jarri zen eta ez zen eguzkirik ikusten. Harginari hodeia eguzkia baino ahaltsuagoa zela iruditu zitzaion, estali zezakeenez, eta hodei bihurtu nahi izan zuen.

Eta sorginak hodei bihurtu zuen.

Hargina oso pozik zegoen hodei izanez. Oso dibertigarria zen, zeruan hara eta hona ibil zitekeelako, lurrera tximistak eta euria bota zitzakeelako, eta jende guztia busti zezakeelako. Horretan, ordea... euri jasaren azpian eztulik ere egin gabe zegoen harkaitz bat ikusi zuen.

—Harkaitzek ez dute eztulik egiten! –esaten du Ametsek–. Ez dute ezer egiten!

—Utzi behar diguzu istorioa amaitzen ala ez diguzu utzi behar? –galdetzen dio Nurrek, aldi berean egiazkoa dirudien kartoizko harria atereaz.

—Bai, baina harkaitzek ez dute eztulik egiten –errepikatzen du Ametsek.

Harginari iruditu zitzaion harkaitza indartsuagoa zela hodeia baino, eta harkaitz bihurtu nahi izan zuen.

Sorginak entzun zion eta harkaitz bihurtu zuen.

Handik pixka batera, ordea, norbait mailuka ari zitzaiola eta mila puska egiten zuela sentitu zuen, eta oihu egin zuen:

—Hargina indartsuagoa da, harria puskatzen du-eta! Hargina izan nahiko nuke!

Eta sorginak hargin bihurtu zuen berriro.

Eta gero esan zion:

—Gauza bat zinen eta beste zerbait izan nahi zenuen. Orain hasieran bezalaxe zaude. Hobe izango dugu zuk hargin jarraitu eta nik sorgin.

Sorgina desagertu egin zen eta ez zen itzuli inoiz; baina harginari ez zitzaion askorik inporta; orain, izan ere, bazekien harria baino

indartsuagoa zela, eta harria hodeia baino indartsuagoa, eta hodeia eguzkia baino ahaltsuagoa, eta hura enperadorea baino gehiago, eta enperadorea munduko gizonik aberatsena baino ahaltsuagoa.

Isilik. Ikusleak isilik daude, antzerkiak jarraitu egingo duela uste baitute.

—Eta txaloak noizko? –galdetzen dute Nurrek eta Aitzolek, txotxongiloak eskuan dituztela agertoki atzetik irtenez.

Lagunak txaloka hasten dira, eta beraiek behin eta berriro agurtzen dituzte, artistek ohi duten bezala.

—Beste bat! Beste bat! –egiten diete oihu ikusleek.

Horretan zarata handi bat entzuten dute, eta garrasika hasten dira denak, beldurtuta. Lehoi erraldoi bat agertzen da eta gainera oldartzen zaie, ahoa, hagin erraldoiz betea, zabalduz eta itxiz.

—Aitite! –egiten du oihu Nurrek, ez baitzaio batere gustatzen sustoak hartzea.

Lehoia geldirik geratzen da, burua kentzen du eta aititek irribarre egiten du. Ikaragarri gustatzen zaio etxean haurren bat dagoenean lehoiz mozorrotzea.

—Bai polita! –esaten du Aitzolek–. Utziko didazu probatzen?

Lehoi-burua janzten du, baina astun samarra da, eta segituan kentzen du.

Ametsek ere probatzen du, eta Uxuek ere bai. Elenek eta Bihoznek ez, beldur pixka bat ematen die-eta. Nurrek ere ez du janzten, lehen ere askotan jantzi du-eta.

—Zer ordu da? –galdetzen du.

—Seiak izateko –erantzuten dio aititek.

Bi ordu dituzte oraindik sua pizteko garaia iristeko; bi ordu, gutxienez. Baina mozorrotu daitezke.

—Zertaz mozorrotu behar duzue? –galdetzen die Nurrek mutilei.

Neskek sorginez mozorrotu behar dute denek; Bihoznek eta Elenek ere bai.

Ametsek badu etxean banpiro-jantzi bat, hortz eta guzti; baina Aitzolek ez du mozorro-jantzirik ekarri. Une baterako baizik ez da etorri, esaten duenez, eta gurasoek segituan itzuli nahiko dute.

—Eta hemen geratzen baldin bazara? –galdetzen dio Nurrek.

—Nire etxean bada lotan geratzeko lekua –esaten dio Ametsek.

—Eta nirean ere bai –erantzuten dio Nurrek.

—Eta nirean ere bai! –Bihoznek.

—Gurean ez, bakoitzak gela bat dugulako, baina egongelan bada sofa bat –esaten du Uxuek, gutxiago ez izateko.

—Baina mozorro-jantzirik ez dut…

—Hori ez da arazoa! –esaten dio Nurrek–. Ezetz, aitite?

—Ez dut uste… –erantzuten dio aititek–, baina bere gurasoei galdetu beharko zaie lehendabizi.

Denak zalapartan eta pilan ateratzen dira eskaileretan gora, eta ez zaie askorik kostatzen Aitzolen gurasoengandik Aitzolentzat Larrabetzun lo egiteko baimena lortzea.

4. Sua

Nur eta lagun guztiak beheko plazan, ibai ondoan dagoen eta normalean aparkaleku gisa erabiltzen denean, egiten ari diren prestaketak ikusten ari dira; gaur hutsik dago, autorik gabe. Autoen ordez, egur eta lasto pila handi bat, mendi bat dago.

—Lehen altzari zaharrak botatzen ziren sutara –azaltzen die amamak.

—Zergatik?

—Zaharra erre eta berriari leku eman behar zitzaiola uste zelako, baina... –amamak barre egiten du–, jendea konturatu da altzari zaharrak oso baliotsuak direla.

—Diru asko balio dute?

—Dirua baino gehiago balio dute, oroitzapenak balio dute.

Nurrek ez du ulertzen altzari zaharrek oroitzapenak balio dituztelako hori, baina oroitzapenak aipatu direnez gero...

—Eta konjuruak? –galdetzen dio.

—Zer konjuru?

—Sorginenak. Ez dakizu baten bat?

—Ba, egia esateko...

—Badakizu, seguru!

Amama barrez hasten da.

—Sorgin itxura al dut, bada, nik? –galdetzen dio.

—Baiii! –erantzuten diote denek batera.

—Bagaaaa, bigaaaaa, higaaaaa, lagaaaaa, bogaaaaaa, segaaaaa, zai, zoi, bele, harma, tiro, pun! –esaten du ahots sakonez, horrelako ahotsa izan behar baitute sorginek.

—Zer da hori?

—Konjuru bat?

—Eta zertarako balio du?

—Ez dakit! –amamak barre egiten du berriro–, baina ikas ezazue, inoiz behar baduzue ere.

Seiek behin eta berriro errepikatzen dute konjurua:

Baga, biga, higa, laga, boga, sega, zai, zoi, bele, harma, tiro, pun!

Buruz ikasten duten arte. Eta errepikatzen duten bitartean, jira eta bira egiten dute, eta lurrera erortzen barrez lehertuta.

Uxue oso polita zegoen sorgin gaiztoz jantzita, eta Elene ere bai; hark, ordea, sorgina izan ordez, "Loti ederra" filmeko hada bat zirudien areago; hiru hada ziren, arrosa, berdea eta urdina; Elenek urdina zirudien.

Bihozneri amak sorgin-jantzia egin dio; sorgin-sorginarena, beltza, kapela puntadun eta guzti.

Aitzol Harry Potter magoaren gisa jantzi da, gorbata eta guzti. Ez da berdin berdina, baina amamak jantzi zaharren kutxan bilatu, eta jaka eta alkandora handiak baldin baditu ere, gorbata Harry Potterrenaren berdintsua da. Betaurreko biribil batzuk utzi dizkio, kristalik gabe; lehen bereak ziren, baina ez ditu erabiltzen eta Aitzoli oso ongi geratzen zaizkio.

A, eta aititek lizar-adar magiko bat moztu dio oihan misteriotsuan. Hain da polita, non bakoitzak berea eduki nahi baitu eta aititek beste sei makila moztu behar izan dizkie, bakoitzarentzat bat, baina kontuz ibiltzeko esan die. Batek makila gehiegi mugitu eta besteren bati begian min egin ez diezaion. Nurrek ez daki seguru banpiroek makilarik erabiltzen duten ala ez. Ametsek baietz dio, nahi dutena erabil dezaketela, horretarako direla banpiroak, izan ere. Etxera laguntzen diote banpiro-mozorroa janztera; makilatxoak daramatzate eta bide osoan esan eta esan doaz:

—Abrakadabra, abrakadabra.

Gero aitonaren eta amonaren etxera itzultzen dira berriro; amamak badu makilatzeko kaxa bikain bat, era guztietako margoak dituena.

—Amama –galdetzen dio Nurrek amama Ametsi banpiroaren begizulo beltz-beltzak margotzen ari zaion bitartean–, zergatik egiten da sua?

—San Juan bezperan udako solstizioa ospatzen delako, eta egun hauek direlako urteko egunik luzeenak, eta gaurik laburrenak –gogoratzen dio.

—Bai, baina zergatik egiten da sua? –galdetzen dio berriro.

—Sorginak uxatzeko.

—Larrabetzun ere badira sorginak?

—Oraintxe bertan lau ikusten ditut... –esaten du amamak, irribarrez–. Eta baita magialari bat eta banpiro bat ere. Nahi duzu aurpegian ilargi bat margotzea, Bihozne? Ala nahiago duzu izar bat?

Bihoznek izarra nahiago du, edo bi izar, hobeto esanda, masail bakoitzean bat.

—Eta zer egiten da sua piztu eta gainetik jauzi egin aurretik? –galdetzen du Nurrek berriro.

—Orain ezer ez, baina lehen neskak ibaira joaten ziren ilea garbitzera.

—Zergatik?

—San Juan gauean ibaiko uretan garbituz gero ilea luzeago eta osasuntsuago hazten dela esaten zutelako. Gazteak bainatu egiten ziren, eta zaharragoek oinak uretan sartzen zituzten, azalarentzat ona zela esaten zutelako. Eta sendabelarrak bildu ere egiten zuten.

—Nik badakit andre bat belarrak erabiliz sendatzen badakiena –esaten du Uxuek.

—Ba, nire birramona Julik erreduretarako ukendua egiten du –esaten du Nurrek.

—Ba, nire amak mendafina jartzen du eltxoak uxatzeko –esaten du Bihoznek, eta gero ispiluan begiratzera joaten da, izarrak nola geratu zaizkion ikusteko.

—Niri mentazko gozokiak ez zaizkit gustatzen –dio Elenek.

Gaueko zortziak izateko gutxi falta da, eta lasterka joaten dira plazatxorantz. Han adiskide gehiago topatzen dituzte, eta haiekin batera esertzen dira, lehenengo ilaran, dena ongi ikusteko. Handik pixka batera ama agertzen da, beti bezala, bere argazki-makinarekin.

—Begiratu hona! Irribarretxo bat!

Nur gogoratzen saiatzen da. Jaio zenez gero, amak milaka eta milaka argazki egin dizkio. Ez da nekatzen!

—Handitzen zarenerako, egin dituzun gauza guztiak, ikusi dituzun lekuak, izan dituzun lagunak, denak gogoan izan ditzazun –esaten dio hainbeste argazki zergatik egiten dizkion galdetzen dionean.

Batzuetan gogaikarria gertatzen zaio hainbeste aldiz modelo izan behar hori.

—Ez dudala modelo izan nahi! –egiten du protesta.

Baina... alferrik! Amatxok argazkiak egin eta egin jarraitzen du; egia da gero asko gustatzen zaiola argazkiak ikustea, eta barre egitea, argazki batzuetan aurpegi bitxia jarriz ateratzen da-eta. Azkenean bakean uzten ditu, eta elkarrekin hitz egiteko aukera dute; gazteek festa segituan hasiko dela jakinarazten dute.

—Ba al dakizu etxe sorginduarena? –galdetzen dio Uxuek bat-batean.

—Zein etxe? –galdetzen dio Nurrek harriturik.

Inoiz ez du entzun etxe sorginduen berririk; orain, jakina, ia urte guztia Txinan ematen duenez, ez du jakiten zer gertatzen den Larrabetzun.

—Eskolaren ondoan dagoena.

—Zein?

—Eskolaren ondoan dagoena –errepikatzen dio Uxuek–, inor bizi ez den etxe hori.

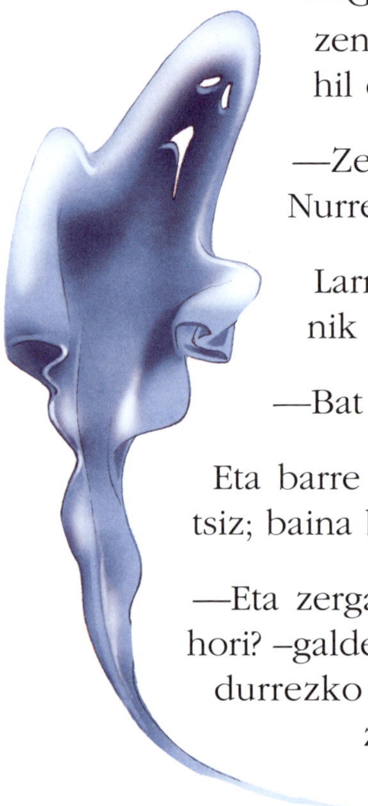

—Garai batean errege bat bizi zen –esaten du Elenek–, baina hil egin zen.

—Zein errege? –galdetzen dio Nurrek.

Larrabetzun erregerik bizi zenik ere ez du inoiz entzun.

—Bat –esaten dio Elenek.

Eta barre egiten du, hortzak erakutsiz; baina bi falta ditu.

—Eta zergatik dago sorgindurik etxe hori? –galdetzen du Aitzolek, hari beldurrezko istorioak asko gustatzen zaizkio-eta.

—Eskailerek karranka egiten dute… eta komunean odola dago…

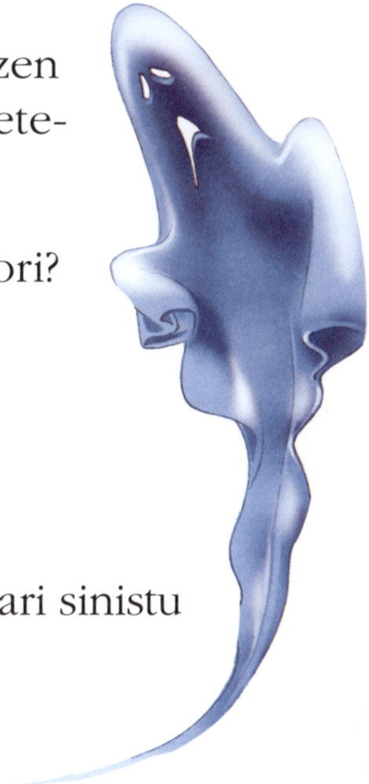

Uxuek ahotsa beheratzen du hitzak misterioz betetzeko.

—Nola dakizu zuk hori? –galdetzen dio Nurrek.

—Badakit.

—Sartu zara barrura?

Nurrek ez daki adiskideari sinistu ala ez sinistu.

Zeren, egia baldin bada?

Eta gezurra baldin bada?

Eta beldurtzeko baizik esan ez badie?

Eta sorgin gaiztoz mozorrotuta dagoelako esan baldin badu?

—Ni ez naiz sartu, baina mutil batzuk bai, sartu ziren, eta haiek esan ziguten.

—Egia da –dio Ametsek–. Anaiak ere esan dit.

—Nik ere entzun dut etxe hori sorginduta dagoela –dio Bihoznek.

Denek esaten badute, egia izango da.

—Eta komunean odola dago egiaz? –galdetzen du Nurrek seguruago egoteko.

—Bai, eta eskailerek kirrinka egiten dute –erantzuten dio Uxuek.

Horretan, plazako argi guztiak itzaltzen dira, eta ilun-ilun geratzen da dena. Gazteak ilaran datoz bide batetik, eskuetan zuziak dituztela, musikak lagundurik. Une batez egur eta lasto pilaren inguruan dantza egiten dute eta, azkenean, zuziak pilara bota eta sua pizten da.

Minutu batzuen buruan suak plaza osoa argitzen du, eta nagusiek haurrei esaten diete atzerago joateko, bestela norbait erre daitekeela-eta.

Nur bizkor-bizkor jaiki eta atzerago joaten da. Behin eskuko hatz bat erre zuen tximiniako egur batez, aitonaren eta amonaren etxean. Oinaze handia izan zuen, eta ez du nahi berriro erretzerik inola ere. Lagunak ez ditu ikusten, eta beldur pixka bat sartzen zaio, baina berehalaxe lasaitzen da. Urrunxeago Baba eta ama ikusi ditu, beraiengana joateko keinuak eginez.

Gazteak, neska eta mutil, eta hazixeagoren bat ere bai, suaren gainetik jauzika hasten dira. Albo batetik egiten dute jauzi, egia esateko; oso su handia da, izan ere, eta erraldoiak beharko lukete izan, erdi-erditik jauzi egiteko. Oso dibertigarria da bata bestearen atzetik lasterka eta jauzika ikustea. Ez dira nekatzen!

—Nik ere jauzi egingo dut, handia naizenean –esaten du ahots goran.

—Bueno... ikusiko dugu, ikusiko dugu... –erantzuten dio Babak.

—Zergatik ez duzu zuk jauzi egiten?

Gurasoek begiratzen diote eta barre egiten dute. Zergatik barre egiten duten galdetzera doakie, baina Uxue iristen da eta berekin joateko esaten dio.

—Pixka batean bakarrik –esaten dio amak.

—Zenbat da pixka bat? –galdetzen dio Nurrek.

—Pixka bat, deituko dizugu. Eta ezta pentsatu ere sutara ondoratzerik.

—Zergatik?

—Gero ohean pixa egingo duzulako –esaten dio barrez Babak.

—Zergatik?

—Suarekin jolasean egiten duten haurrek gero ohean pixa egiten dutelako. Hori gauza jakina da.

—Zuk bazenekien? –galdetzen dio Nurrek Uxueri.

Uxuek bekainak jasotzen ditu, eta ahoaz keinu bat egiten du, ezetz bezala. Babak berriro barre egiten du; esan duena gezurra da beraz, seguru; eta badaezpada ere...

Eta nagusiek su handiaren gainetik jauzi egiten duten bitartean, haurrek su txikiaren inguruan korro bat egiten dute, eta haren biribilean biraka egiten dute, elkarri eskutik helduta, indar guztiaz kantuan egiten duten bitartean:

—Baga, biga, higa, laga, boga, sega, zai, zoi, bele, harma, tiro, pun!

Azkenean, bi suak itzali direnean, jende guztia plaza handirantz joaten da. Gau ederra ari da egiten, eta ez du euririk egin, beste urte batzuetan bezala! Inork ez du etxeratu nahi, eta Nurren gurasoak lagun batzuekin hizketan ari diren bitartean, Nur bere lagunekin elkartu da plazako eserleku batean.

—Nork daki sorgin-istorioren bat? –galdetzen du Uxuek.

—Nik Hansel eta Gretelena dakit –esaten du Aitzolek–. Badakizue, txokolatezko etxe bat aurkitzen duten bi haurrena. Sorgin batek kaiola batean sartzen ditu, geroago jateko, baina ihes egiten dute.

—Nik sorginak orratz bat iltzatu eta uso bihurtu zuenarena dakit –esaten du Ametsek.

—Eta zer gertatu zitzaion?

—Denbora batez uso bihurtuta ibili zela, harik eta norbaitek orratza atera eta berriro neska bihurtu zen arte.

—Edurnezuriren ipuinean ere ateratzen da sorgin bat –dio Bihoznek–; sagar bat ematen dio, eta denak sinistuta daude Edurnezuri hilda dagoela, harik eta printzea etorri eta musu ematen dion arte.

—Beldur handia ematen duenik inork ez daki? –galdetzen du berriro Uxuek.

Uxueri printzesen istorioak asko gustatzen zitzaizkion txikiagoa zenean, baina mila urte badira harrez gero. Orain beldurrezkoak gustatzen zaizkio.

—Nire amamak pila bat daki –esaten du Nurrek.

—Eta batez ere ez zara gogoratzen?

—Ez.

Nurri ez zaizkio gustatzen beldur handia ematen dioten ipuinak. Eta berak kontatzea ere ez zaio gustatzen.

—Non esan duzu dagoela etxe sorgindu hori? –galdetzen dio Aitzolek Uxueri.

—Eskolaren beste aldean.

—Ikus daiteke?

—Bai, nahi duzu ikusi?

—Jakina!

—Baina urrutitik ikusiko dugu –esaten die Nurrek–; nik segituan alde egin behar dut-eta.

Kalean gorantz joaten dira, bata bestearen atzetik, ilaran. Ilargia bizi-bizi dago, hark eragiten dituen itzalak asko nabarmentzen dira ilunta-sunean, eta garbi ikusten dira nesken sorgin-kapelen puntak.

Hormara iristean gelditu egiten dira. Nur behin ikusi zuen marrazki batez gogoratzen da: Etxe bat, leihoak begiak bezalakoak zituena, eta atea ahoa bezalakoa, eta ikustera zetozenak irentsi egiten zituena. Garondoko ilea tentetzen ari zaiola sumatzen du. Nolanahi ere, egiazko

sorginen bat agertzen baldin bada, beraiek ere sorginak direla esango diote, eta sorginez jantzita daudenez, sinetsi ere egingo die beharbada.

Horretan, zarata arraro bat entzuten dute, kirrinka edo garrasi edo miau moduko bat, eta ez dute asko pentsatu beharrik. Bertan biratu, eta plazarantz jotzen dute lasterka, atzera begiratu gabe.

—Zure bila ari ginen...

Nur izerditan dago, lasterketaren ondoren, masailak gorriak ditu eta arnasestuka egiten du. Estu-estu heltzen die gurasoei; haiek barrez hasten dira; ikaragarri gustatzen zaie alabak besarkatzea.

—Non zeundeten?

—Hortik zehar–erantzuten die.

Ez du etxe sorginduarena gurasoei kontatzeko asmorik. Errieta egingo liokete! Nolanahi ere, etxe hartara ez da bere bizitza guztian berriro ondoratuko.

5. Etxe sorgindua

Aitzolek Ametsen etxean egin du lo azkenean, eta Bihoznek Nurrenean; horregatik, hamaikak jotzean igerilekuan daude denak. Uxue ordubete geroago iritsi da, loti hutsa delako eta oso geldiro gosaltzen duelako.

—Jo! Atzo bai ederki, ezta! –esaten du, bere bainu-zapia besteenen ondoan jartzen duen bitartean.

—Bai ederki zer? –galdetzen dio Nurrek muzindurik.

—Dena! Mozorro-jantziena, suarena, etxe sorginduarena…

—Ba, niri etxe sorginduarenak ez zidan batere graziarik egin.

—Beldurrak akabatzen zeundeten-eta! –esaten du Uxuek barrez.

—E! Zu ere beldurtuta zeunden!

—Ni? Bai zera!

—Bai, orain harro, baina atzo bai lasterka etorri zinela gurekin –esaten dio Aitzolek.

—Zuek lasterka joan zinetelako, eta nik ez nekielako nora zindoazten; horregatik jarraitu nizuen.

—Esan egia, zuk ere beldurra zenuela!

Nurrek Uxueri gainera jauzi egiten dio, beste hirurek

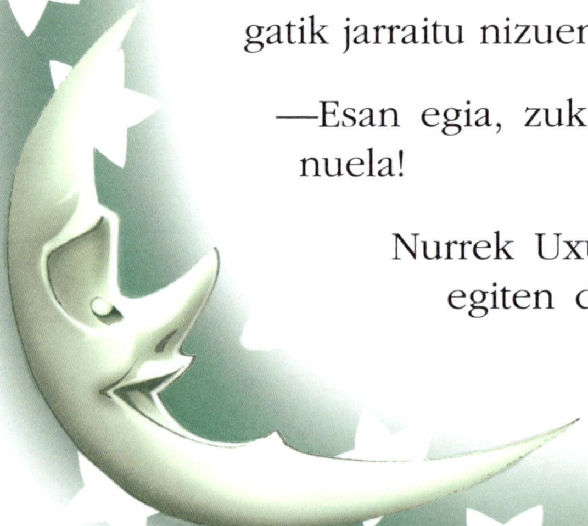

laguntzen diote, eta denen arteak kilimak egiten dizkiote.

—Esan egia! Esan egia! –esaten diote oihuka.

—Ongi da! –egiten dio oihu Uxuek, barreari ezin eutsirik–. Nik ere beldurra nuen! Baina pixka bat bakarrik –bukatzen du.

—Uretara azkena jauzi egiten duena, koldarra! –egiten die oihu Ametsek.

Igerirako txanoa eta betaurrekoak jantzi behar dituzte, baina ez dute denbora asko igarotzen, eta segundo batzuen buruan uretan daude. Harrapaketan, "bale-hizkuntzan" hitz egiten, lasterketak egiten, aroak bota eta murgiltzen jolasten dira, mila bider jauzi egiten dute ipurdiz, eta handik ordubetera, akituta ateratzen dira uretatik eta bainu-zapien gainean etzaten dira.

—Gaur arratsaldean joango gara? –galdetzen du Uxuek handik pixka batera.

—Nora? –galdetzen dio Nurrek.

—Etxe sorgindura…

Inork ez dio erantzuten. Denek jakin nahiko lukete etxea benetan sorginduta dagoen ala zer, baina ea nor ausartzen den proba egitera, atzo hartu zuten sustoa hartuta.

—Egunez joanez gero, seguru nago ezer ez dela gertatuko –tematzen da Uxue.

—Joan zu eta gero kontatu –esaten dio Nurrek, etxe hartara bere bizitza guztian berriro ez zela hurbilduko zin egin zuela gogoraturik.

—Ez; askoz ere dibertigarriagoa da taldean joanez gero.

—Hormaraino lagunduko dizugu eta kanpoan egongo gara zu atera arte.

Eguzkitan hamar minutu egin ondoren, lehortuta daude eta berriro uretara sartzea erabakitzen dute.

—Hortaz… arratsaldean elkartuko gara? –esaten die Uxuen berriro, ahotik xurrustadak botatzen dituela.

—Bueno –erantzuten dio Nurrek–, baina gu hormaraino baizik ez gara joango.

—Ni sartuko naiz, beharbada –esaten du Aitzolek, Larrabetzun ezin hobeto ari baita pasatzen.

—Eta ni ere bai –esaten du Ametsek ere.

Arratsaldean, bost lagunak eta Kuka, Nurrek etxean geratzeko esanagatik atzetik etorri baita, etxe sorginduari begira daude. Lehen ikusian ez dirudi barruan ezer bitxirik egon behar duenik. Inor bizi ez den etxe zahar bat da, baina bart gauean, leihoetan argirik ez zela, kaleko farolen argia besterik gabe, askoz ere zaharragoa zirudien. Alde bateko teilatua nahiko hondatuta dago, hormetako pintura hondatuta du eta leiho batzuetako beirak puskatuta daude.

—Batzuetan mutilak etorri eta harrika aritzen dira... –kontatzen dio Ametsek Aitzoli.

—Eta zergatik egiten dute hori?

—Ez dakit.

—Bueno… zer? –galdetzen du Uxuek–. Sartu behar dugu?

—Eta norbaitek ikusten bagaitu eta errieta egiten badigu? –galdetzen du Bihoznek, ez baitago seguru-seguru.

Behin sekulako errieta egin zieten mutil batzuei, inguruan zebiltzalako. Ezbeharren bat gerta zekiekeela esan zieten, teilaren bat eror zekiekeela burura.

Eskuinera eta ezkerrera begiratzen dute. Ez da inor ikusten, eta etxeko ateraino lasterka joaten dira.

—Begiratuko dugu zer dagoen barruan? –galdetzen du Aitzolek.

—Zuk zer uste duzu zarela? –galdetzen dio Nurrek bere aldetik.

—Ni sartuko naiz –esaten du Ametsek, harroputz.

—Eta ni ere bai! –esaten du oihuka Uxuek.

Nurrek eta Bihoznek elkarri begiratzen diote. Erotuta daude!

—Zuek geratu kanpoan nahi baduzue, sartzeak beldurra ematen badizue –esaten die Uxuek.

Hori gehiegi da! Beldurra, Bihoznek eta Nurrek? Ja!

Nurrek esana zion lagunari itxarongo ziotela bera sartzen zen bitartean, baina hobe denak batera joatea, badaezpada ere. Ea zer egin behar duten, zerbait gertatzen baldin bazaio,

teilaren bat burura erortzen bazaio,

odola dagoen komunean itxita geratzen baldin bada,

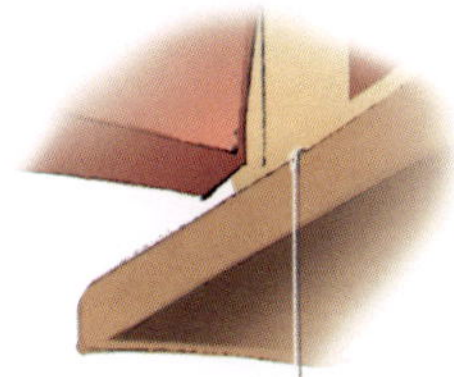

fantasma batek bahitzen badu,

zulo batetik behera
erortzen bada,

sorginen bat agertu eta erratzean
hegaka eramaten baldin badu.

Bueno, sorgin erraztunetan ez du sinesten berak; bestela ez litzateke autorik beharko, eta erratzaren gainean ibiliko litzateke jendea alde batetik bestera. Hori bai izango litzatekeela polita!

Nolanahi ere, atea itxita egongo dela espero du, eta ezingo dutela barrura sartu. Eta beldurrik batere ez duela erakusteko, beste guztien buru joaten da eta ateari bultza egiten dio.

Eta bai. Itxita dago atea!

—Kaka zaharra! –esaten du Uxuek.

—Alde honetan bada beste ate bat –Ametsek eskuineko alderantz seinalatzen du.

Hara joaten dira, baina hango atea ere itxita dago!

—Ongi da –esaten du Nurrek–, etorri gara, eta orain joan gaitezke.

—Baliteke atzeko aldean leihoren bat izatea… –esaten du Bihoznek.

Eta badago, bai, leiho bat, eta beste ate bat ere bai… baina hormaz itxita daude, inor sartu ez dadin!

—Lastima... –esaten du Aitzolek.

Aitzol Barakaldon bizi da; Barakaldo herri handi-handi bat da, hiri bat adinakoa ia-ia. Bere lagunekin eta txotxongiloekin oso gustura dabil, baina inoiz ez du etxe sorgindurik gertutik ikusi, eta, behin izango sartzeko aukera, eta ezin sartu! Historia harrigarri bat kontatuko die, nolanahi ere, bere lagunei.

—Sartu ezin baldin badugu ere, egiazko etxe sorgindu baten barruan egon naizela kontatuko diet lagunei –esaten du ahots goran.

—Eta zer esan behar diezu? –galdetzen dio Nurrek.

—Horixe, bada, egiazko etxe sorgindu baten barruan egon naizela.

—Ez ahaztu komuneko odolarena kontatzea…

—Eta eskailerek kirrinka egiten dutela –jarraitzen du Uxuek.

—Eta gauez garrasi ikaragarriak entzuten direla –gehitzen du Bihoznek.

—Orain dela aspaldi-aspaldi hil zen fantasma bat dagoelako –jarraitzen du Ametsek–, eta orain etxean dabilelako bere… bere… andregaiaren bila!

—Andregaiaren bila? –galdetzen diote, denek batera.

—Nobioak ziren, eta andregaiak alde egin zuen eta mutila geratu egin zen –kontatzen die–, baina mutila hil zenez gero, etxean dabil hara eta hona, andregaiaren bila.

—Gezurtia… Dena asmatu duzu! –esaten dio Nurrek.

—Ez dut asmatu! –esaten du protestaz–. Egia da!

—Eta nola zuen izena andregaiak, e? Esan! Nola zuen izena?

—Izena zuen… izena zuen… Nur!

Barregura sartzen zaie denei, Nurri ez beste guztiei, hari ez baitio batere graziarik egiten senargaia fantasma izateak. Eta besteek barrez jarraitzen dutenez, haserretu, Kukarekin alde egin

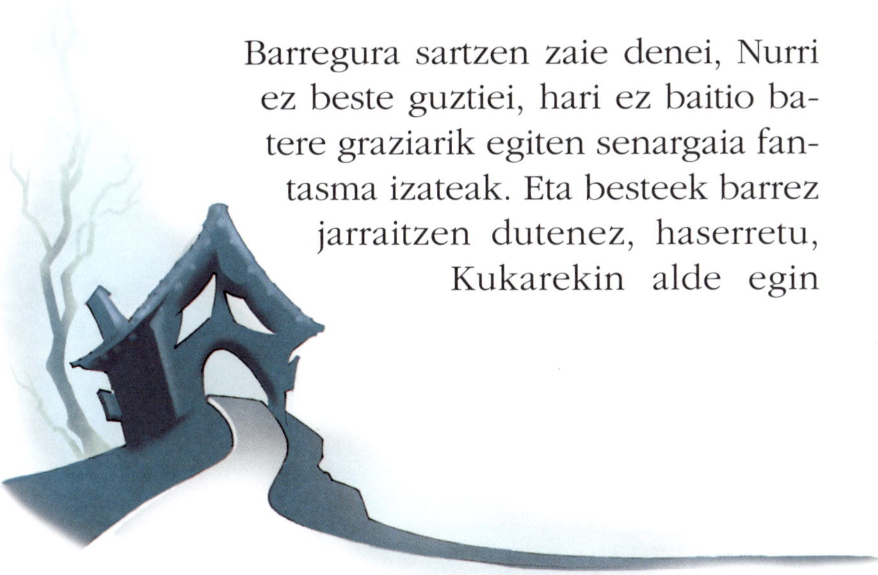

eta haiek bertan bakarrik utziko dituela erabakitzen du. Ikusiko dute!

Une horretan bezpera gaueko zarata, kirrinka, ziztu, garrasi edo ulu berbera entzuten da, eta harri eta zur eginda geratzen dira denak; zur eginda ez, harri eginda, hobeto.

Oraingo honetan lasterka ere ez dute egiten.

Elkarren ondoan geratzen dira, geldirik, ia arnasarik ere hartu gabe, elkarri lotu-lotu eginda, bizkarra bizkarraren kontra, defenditu behar badute ere.

Ez da ezer gertatzen; dena isilik dago. Eta berriro entzuten dute kirrinka, ziztu, garrasi, ulu edo dena delakoa, baina askoz ere hurbilago oraingo honetan.

Nurrek harri bat hartzen du lurretik. Fantasmaren bat edo sorginen bat edo munstro erraldoiren bat azaltzen baldin bada, harria botako dio eta begi-begian emango dio. Nur oso trebea baita harriak botatzen, eta beti ateratzen du zerbait barraketako tiroketetan.

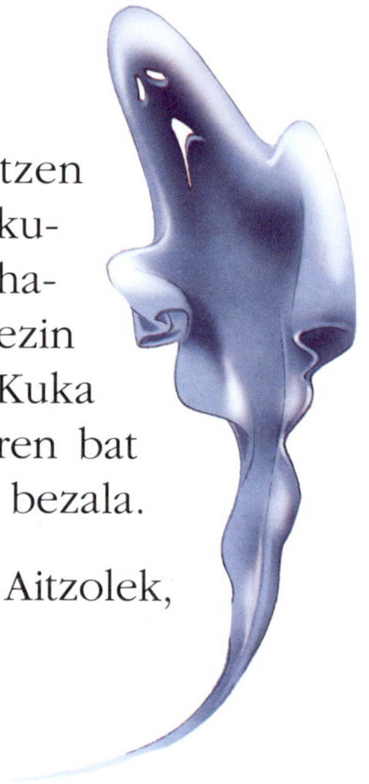

Horretan, gauza zuri bat igarotzen zaie buruen gainetik hegan. Sekulako garrasia egiten dute bostek, halako sustoa ematen dizutenean ezin baita garrasi egin gabe egon, eta Kuka zaunka hasten da, gauza bereziren bat entzuten duenean egin ohi duen bezala.

—Zer zen hori? –galdetzen du Aitzolek, ezpainak ia zabaldu gabe.

Mamuren bat?

Sorginen bat?

Munstro hegalariren bat?

Herensugeren bat?

Espiritu alderrairen bat?

—Zer da espiritu alderraia? –galdetzen du Bihoznek, sustoa zertxobait ahazturik.

—Ba hori, hara eta nora, noraezean dabilen espiritu bat –erantzuten dio Ametsek, aditua balitz bezala, nahiz eta ez eduki gauzak oso garbi.

—Ni banoa hemendik –esaten du Nurrek.

Ez dago haserre senargai fantasmarenagatik, baina ez du batere gogorik han jarraitzeko, beldurrez eta espiritu hori berriro noiz agertuko. Besteak ere iritzi berekoak dira. Alde egiteko daude, baina une horretantxe…

—Aaaaaaaaaaaaaaa!

Hegan dabilen nork daki zer hori beren buruen gainetik igaro da berriro.

Nurrek ez du bi aldiz pentsatu beharrik; bere indar guztiaz jaurtitzen dio harria. Garrasi bat ez; bi, hiru edo gehiago entzuten dira; buruko ileak latz-latz jartzen zaizkie. Ea sorgin bat baino gehiago dagoen, gero! Zeren sorginek ere badakite denek batera hegan egiten, atzo amamak kapa josten zion bitartean kontatu zion historian bezala:

Sorgin gozozale bat egunero sartzen zen tximiniatik barrura, eta esaten zuen:

—Papa bustia! Papa bustia!

Sorginen hizkuntzan "eman zopa" esan nahi omen du. Etxekoek jaten ematen zioten, baina egun batean aspertu egin ziren jaten ematez, eta etxeko alabak burdina batez jo eta buruan zauria egin zion. Sorginak garrasi egin zuen eta galdetu zion:

—Nola duzu izena?

Eta neskak erantzun zion:

—Ni neu.

Sorginak tximiniatik gora alde egin zuen eta garrasika jarraitu zuen. Horretan, ehunka, milaka, milioika sorgin inguratu ziren hegan. Haren garrasiak entzutean, eta buruan zauri bat zuela ikusirik, galdetu zioten:

—Nork egin dizu hori?

Eta hark erantzun:

—Nineuk! Nineuk!

Sorginek, haserreturik, esan zioten:

—Zu zeuk egin baldin baduzu, hor konpon, eta ez etorri denbora galaraztera.

Eta alde egin zuten.

Sorgin gozozale hark ez zien gehiago trabarik egin bere auzokoei.

Eta berriro isiltasuna. Oraingo honetan ez dira zain geratzen, eta sorgina, mamua edo –okerrago– mamu-sorgina itzuli baino lehen, lasterka alde egiten dute.

Ahalik eta lasterren alde egin behar dute handik, eta elkarri bultzaka joaten dira; Nurrek estropezu egiten du eta lurrera erortzen da. Ez du minik hartu, baina sustoa bai, galanta gainera, ustez mamu-sorginak hanka batetik heldu diolakoan. Jaikitzera doa eta, orduantxe, lurrean dagoen gauza zuri bat ikusten du.

Harria dirudi, baina handia eta distiratsua da. Ukitzen du, eta garrasi bat egiten du, mugitu egin baita, eta, berak dakielarik behintzat, harriak ez baitira mugitzen, inork mugitu ezean.

Lagunak plazara doan espaloitik doaz lasterka, eta ez ditu ikusten. Kuka eta Nur ere lasterka doaz, baina Nur gelditu eta atzera itzultzen da, etxe sorgindura, Kuka ondoan duela; Kukak ez du ezer ulertzen, ez daki zer gertatzen den.

“Harria” lehengo lekuan dago, ukitzen du eta berriro mugitzen da.

Eta magiazko harria baldin bada?

Baina nola izango da harria, lumak ditu-eta? Lumak baititu, izan ere.

Baina sorgin bat baldin bada, txori bihurturik, katua bihurtzen zen beste hura bezala?

Ez, txori handi, beltz bat izango litzateke, ez bola zuri, leun bat.

Azkenean zera hura hartzea erabakitzen du, eta bere bizitzako ustekabekorik handiena harrapatzen du: hontz txiki-txiki bat da! Egiazko hontza, liburuetan askotan ikusitakoak bezalakoa, bi begi beltzez, izututa, berari begira.

Kukak ez du zaunka egiten. Hark ere harriturik begiratzen dio hontzari.

Baina… zergatik ez du hegan egiten? Zuhaitzen batetik eroriko zen, edo hegan ikasten ari zela

hormaren baten kontra jo, hankaren bat edo hegoren bat hautsiko zitzaion, eta horregatik ez du hegan egiten eta horregatik dago horren izututa. Edo, beharbada... eta errua berea baldin bada, harria bota diolako, ustez mamusorgina zelakoan?

Zerbait egin beharra du, ezin du han utzi, gau osoan bakar-bakarrik. Sabel parean hartzen du, elastikoaz biltzen du, eta aitonaren eta amonaren etxera joatea erabakitzen du. Aitite aditua da piztietan eta hark lagunduko dio.

Eta halaxe da; aititek hontza kontu handiz hartu, eta ezer hautsirik ez duela egiaztatzen du; baina oso izututa dagoela.

—Hontz kume bat da. Non aurkitu duzu? –galdetzen dio.

Nur ez da ausartzen bere lagunekin etxe sorginduan egon denik, eta ezta harria bota dionik ere.

—Eskola inguruan... –erantzuten dio, gauzak gehiegi argitu gabe.

—Ba, hara eraman behar da berriro.

—Zergatik?

—Habia inguruan izango duelako.

—Eta ezin al dut maskota gisa etxean eduki?

—Ez, jan egin behar du, eta hontzek zomorroak, igelak, saguak, harrak... jaten dituzte. Zu joango zara harrak biltzera hontzari jaten emateko? Esadazu non aurkitu duzun, eta hara eramango dugu.

Hura arazoa! Edo non aurkitu duen esan aititeri, edo hontza goseak hilko da, zeren, ez duzue uste izango bera har bila ibiliko denik. Nazka! Egia esatea erabakitzen du, etxe sorgindura

hurbildu direla, hurbildu besterik ez, zarata bitxi bat entzun dutela, mamu bat hegan igaro zaiela buruen gainetik, harri bat jaurti diola…

Aitite ez da haserretzen; irribarretxo bat egiten du, jostatuz. Pertsona nagusiak oso bitxiak dira batzuetan. Edozein ergelkeriagatik haserretzen dira, eta askoz ere gauza serioagoak direnean, mamu bat adibidez, irribarre egiten dute.

6. Hontzaren ametsa

Nur eta aitite etxe sorgindura itzuli dira eta Nurrek aurkitutako lekuan utzi dute hontz kumea. Gero, kanpora atera, eta hormaren aurrean espaloian geratzen dira zain.

—Zeren zain gaude? –galdetzen dio Nurrek aititeri ahots beheran.

—Ixo, egon isilik –esaten dio aititek.

Minutu batzuen buruan ziztu arin bat entzuten dute, eta gero beste bat, eta beste bat, geroz eta ozenago. Badatoz sorginak! Iluntzen hasi da, eta zerua gorri-gorri dago.

Behin Nurrek Babari galdetu zion ea zergatik batzuetan zerua gorritzen den, eta eguzkiaren errainuen islagatik dela esan zion aitak.

Baina amamak esan zion, antzina, gauero-gauero sartalderantz, eguzkia ezkutatzen den alderantz, joaten ziren herensugeen suarengatik zela uste zuela jendeak.

Herensugeena gehiago gustatzen zaio islarena baino; badaki azkenean Babak izango duela arrazoia seguru asko, besteren artean, berak ez baitu inoiz ikusi herensugerik ahotik sua dariola.

Horretan bi hontz handi agertzen dira hegan, eta Nurrek aititeri eskutik heltzen dio, badaezpada ere. Hegaztiek bira eta bira egiten dute teilatuaren gainean eta, azkenean, beraiek kumea utzi duten lekura jaisten dira; hura garrasi batean ari da denbora guztian.

Handik geroxeago, ordea, hiruak hegan ikusten dituzte, bira batzuk egin, eta etxearen teilatuan dagoen zulo batetik desagertzen ikusten dituzte.

—Hor izango dute habia –esaten du aititek.

Misteriozko hots haiek, mamuak, sorginak eta haiek guztiak, etxe sorginduko ganbaran bizi den hontz-familia batek eginak ziren hortaz! Hura desilusioa!

Nur lagunen bila joaten da, gertatutakoak kontatzeko, eta plazan aurkitzen ditu, oso kezkaturik.

Beren artean ez zegoela ohartu direnean, mamu hegalariak eramango zuela, izan da bururatu zaien lehendabiziko gauza. Nur eta Kuka, biak, txakurraren arrastorik ere ez baitzegoen. Kemena eta adorea hartu eta etxe sorgindura itzuli dira berriro, adiskidea salbatzeko asmoz. Hoska eta hoska aritu zaizkio, zoko guztiak miatu dituzte, eta Nurren gurasoei esatera joatekoak ziren Nur ikusi dutenean; letxua moztu berri bat baino freskoago.

—Zer lotsa gutxi duzun! –egin dio oihu Uxuek, ondoratu baino lehen.

—Zergatik lotsa gutxi? –erantzun dio berak ere oihuka.

—Etxe sorginduko mamuak bahitu zaituela uste genuen eta zure bila ibili gara. Non sartu zara?

Nurrek lagunei begiratzen die, eta irribarre egiten du, ideia bat bururatu zaio-eta.

—Zuen atzetik lasterka nindoan –esaten die–, baina norbaitek orkatilatik heldu dit eta erori egin naiz.

—Nork heldu dizu orkatilatik? –galdetzen dio Ametsek, hunkiturik.

—Espiritu alderrai batek…

—Baita zera ere!

—Baietz, espiritu alderrai bat zela.

—Eta zer egin dizu? –galdetzen dio Aitzolek, ez oso konbentziturik.

Bihoznek ez du galdetu ere egiten, beldurraren beldurraz.

—Ez dit ezer egin, ez duzu ikusten?

—Eta nolakoa zen?

Aitzol "zientzialari" samarra da, eta gauzak ulertzea gustatzen zaio. Handia egiten denean ez daki, izan ere, txotxongiloetan aritu ala zientzialanetan jardun, aurkikuntzak eta asmakuntzak egiteko.

Nurrek denbora hartzen du erantzuteko, lagunei banan-banan begiratzen die, interesa pizteko, eta azkenean esaten du:

—Zuria eta urre-kolorekoa da, eta hegalak ditu.

—Hegalak? –galdetzen du Uxuek.

—Bai.

—Aingeruren bat ez zen bada izango?

—Edo hada maitagarri bat –esaten du Bihoznek.

—Edo banpiro zuri bat –Ametsek.

—Edo mamu hegaldun bat –Aitzolek.

—Edo sorgin bat, hontz-itxuran –Nurrek, eta barrez hasten da.

Aitzolen gurasoak handik pixka batera iristen dira, haren bila. Beste gau baterako Larrabetzun lo egiten uzteko eskatzen diete denek, baina ez dago modurik; agurtu beste erremediorik ez dute, beraz, eta hurrengo batean berriro etorriko dela agintzen die hark.

—Espiritu alderraia berriro ikusten baduzu, egiozu argazki bat! –egiten dio oihu Aitzolek Nurri, autoaren leihotik burua ateraz.

—Egingo diot –erantzuten dio Nurrek, eskua astinduz agurtzen duen bitartean.

Bihoznek ere etxera joateko ordua du, herritik urruti samar bizi delako eta gurasoak bila etorri zaizkiolako.

Eta Amets gogoratzen da Markelekin, bere anaiarekin, eta Patxi, auzoko lagunarekin, ordenagailuan jolas egiteko hitz eman diela.

Nur eta Uxue bakarrik geratzen dira. Gaua da, eta zein bere etxera doaz.

—Zer moduz pasatu duzu? –galdetzen dio amak.

—Oso ongi –erantzuten dio Nurrek.

—Ezer interesgarririk gertatu da?

—Ba… ez… jolasean aritu gara… Bueno, hontz kume bat aurkitu dugu –esaten dio azkenean.

Hobe amari esatea, gurasoek aitonak eta amonak esanda jakitea baino…

—Non? –interesatzen da Baba.

—Eskola inguruan…

—Eta zer egin duzu?

—Aititeri eraman diot. Habiatik eroritako kumeren bat izango zela esan du, eta aurkitu dudan lekuan utzi dugu berriro. Gero hontzaren gurasoak etorri dira eta habiara eraman dute.

—Polita izango zen, ezta?

—Bai, baina gustura hartuko nukeen maskota gisa.

Nurrek ezinezko gauzaren bat eskatzen dionean begiratzen dion bezala begiratzen dio orain ere Babak. Badaki ezin duela etxean animaliarik eduki.

Behin, luzaro kalaka eman ondoren, bi arraintxo lortu zituen. Arrainontzi karratu bat ere erosi zioten, kutxa baten modukoa, baina gardena, landare-itxurako plastiko apaingarri batzuk zituena. Egun batzuk baizik ez zituzten igaro bizirik, Baba jaten ematen tematu zelako, jan eta jan, amak eta Nurrek aldiko oso gutxi eman behar zitzaiela esaten zioten arren. Betekada bat harrapatu eta hil egin ziren.

Kuka ere badu, jakina, baina aitonaren eta amonaren etxean bizi da hura.

Eta katu batzuk ere bai, baina misteriozko oihanean bizi dira.

Eta besterik ez.

Behin txori bat ekartzeko eskatu zuen, baina amak ezetz esan zion, kaiola egunero garbitu behar zitzaiola-eta.

Txakurtxo txiki-txiki bat edukitzea gustatuko litzaioke, peluxezkoak diruditen eta hazten ez diren horietako bat, baina Babak ez du nahi txakurrik etxean. Bidaia guztietara aldean eraman beharko lukete, gainera, edo amamaren etxean utzi, bestela.

Edo zaldi bat, baina zaldi bat ezin da etxean eduki, jakina.

—Birramona Juliren etxera joango naiz? –galdetzen dio.

—Zertarako?

—Hontz kumearena kontatzeko.

—Bi minutu, afaldu egin behar dugu-eta –ohartarazten dio amak.

Birramona Julik irribarrez entzuten dio. Gero une batez egongelan egoteko esaten dio, espero ez duen opari bat eman behar diola-eta, eta paketetxo bat ekarriz itzultzen da.

—Niretzat? –galdetzen dio Nurrek.

Asko gustatzen zaizkio opariak, paketeak, papera kendu eta zer den ikustea; baina zelo-papera kontuz askatu ordez, papera urratzen du, zer den ikusteko irrikaz baitago.

—Bai gauza polita! –esaten du.

Birramona Julik zer gertatu behar zitzaion jakin izango balu bezala da, hontz baten koadro bat margotu baitu, urre kolorekoa eta zuria, bere begi beltzak zabal-zabalik dituela. Bere hontzaren berdin-berdina da, hura BERE hontza baita, jakina. Berak aurkitu du eta gero hontz gurasoei itzuli die.

—Nola zenekien? –galdetzen dio.

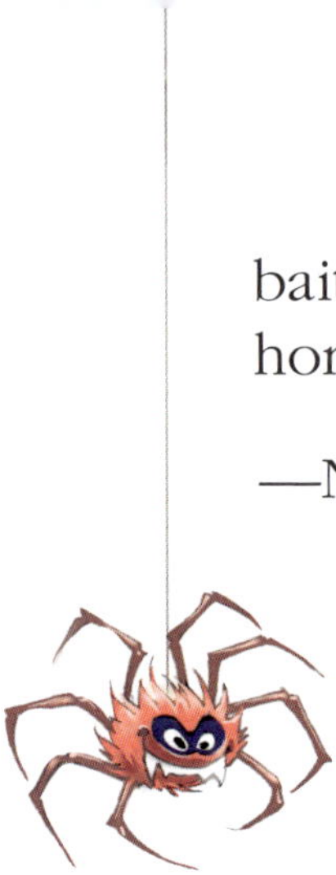

—Ez nekien...

—Ez zara sorgin samarra izango?

—Baliteke izatea! –birramonak barre egiten du.

Gau horretan Nurrek oso amets bitxi bat egiten du.

Bere hontzaren gainean hegan doala amesten du, hodei guztien azpitik eta sasien gainetik, bere kaparekin eta sorgin-kapelarekin. Ez daki nora doazen, baina ez zaio axola ere, oso jostagarria baita txoriak bezalakoa izatea, airean hegan egitea eta gauza guztiak gainetik ikustea.

Handik pixka batera baso batera iristen dira; su handi bat dago han, soilgune osoa argitzen duena. Eta inguruan jendea dantzan ari da.

Emakumeek oso kapela bitxiak dituzte buruan, buruan adar bat balute bezala. Lehen ere ikusiak ditu kapela horiek –buru-zapiak deitzen direla uste du–, birramona Julik egin eta aitonak eta amonak etxean dituzten irudi batzuetan. Ez dira sorgin-kapelak, zehazki, baina badute antza, zuriak badira ere.

—Garai batean horrelakoak erabiltzen zituzten –azaldu zion amamak, irudi haiek horrelako kapela bitxiak zergatik zituzten galdetu zion batean.

—Ez dira oso erosoak! –esan zion Nurrek.

—Haiei ez zitzaien irudituko, ohituta egongo ziren-eta.

—Sorginak ziren?

—Ez, emakume normalak.

Han, zabaldian, emakume asko daude, eta baita neskak eta mutikoak ere, alde batetik bestera lasterka, jauzika eta jostaketan.

Hontzak kontu handiz lurrean uzten du, eta beste hontz batzuekin elkartzera joaten da. Nur lasterka joaten da une horretan su txikiago baten inguruan biribilean dauden haur batzuengana; sorginen konjurua ari dira kantatzen: **Baga, biga, higa, laga, boga, sega, zai, zoi, bele, harma, tiro, pun!**

Lurrera erortzen dira denak eta, orduan, Nurrek begiak igurzten ditu. Ezin du sinetsi ere egin! Uxue, Aitzol, Bihozne, Amets eta Elene ere han daude. Bezperako mozorro-jantziak jantzita daude denak.

—Zertan ari zarete hemen? –galdetzen die.

—Eta zu? –galdetzen diote haiek.

—Nire hontzaren gainean etorri naiz hegan.

—Gu ere bai! –esaten dio Uxuek

—Ez da posible! Ni bakarrik etorri naiz.

—Gu ere zein bere hontzaren gainean etorri gara.

—Hontzak dituzue?

—Bai –esaten dio Bihoznek.

—Non aurkitu dituzue?

—Etxe sorginduan –erantzuten diote Aitzolek eta Ametsek, biek batera.

—Nirea da txikiena –jarraitzen du Elenek–, ni ere txikiena naizelako.

Abiada hartu eta su handiaren gainetik jauzi egitera doanean, esnatu egiten da. Hara! Gustatuko zitzaion suaren gainetik jauzi egiteko gai ote zen jakitea.

Eguerdian igerilekuan dago Uxuerekin eta beste lagun batzuekin.

—Uxue, zuk hontzik baduzu? –galdetzen dio.

—Zer?

—Hontzik baduzun.

—Nola nahi duzu nik hontza edukitzea!

—Gaur amets egin du bazeneukala bat...

—Zuk dituzu amets bitxiak, zuk! Tira, goazen uretara!

Uxuek uretara jauzi egiten du, eta berak ere jauzi egiteko hots egiten dio. Nurrek txanoa jantzi, betaurrekoak hartu eta Uxuerengana doa; uretara sartu baino lehen, ordea, etxe sorgindura begiratzen du. Ezin du ikusi, bitartean zuhaitzak daudelako, baina seguru dago hantxe dagoela hontza, gaua noiz iritsiko, Nur gainean hartu eta airean zehar hegan eramateko.

Abiada hartu eta uretara jauzi egiten du, ipurdiz erortzeko.

1

NUR

eta irlandar gnomoa

2

NUR

eta oihan misteriotsua

3

NUR

eta herensugearen tenplua

4

NUR

eta etxe sorgindua

NUR NUR NUR NUR

NUR NUR NUR

NUR NUR NUR NUR

NUR

NUR NUR

NUR NUR NUR

NUR NUR

NUR NUR NUR

NUR NUR NUR